超級偵探海莉

Harriet the Spy

Louise Fitzhugh
露薏絲・菲茲修 著　謝佩妏 譯
劉鳳芯 專文導讀

【經典新視界】出版緣起

不只是好故事，也是生命中重要的事

回想童年時代，與「閱讀」有關的回憶總是溫暖而充滿愛：晴朗微風的週末午後，父親牽著我的手走進兼賣各式文具、參考書的社區小書店，讓我挑選自己喜歡的書。經過一番躊躇猶豫，把架上的幾本書拿上又拿下，好不容易選定了書（很節制的一次只挑一本），讓書店老闆用素雅的薄紙包起。而後喜孜孜的捧起書，父女倆手牽手，愉快的散步回家，期待不久之後的下一趟「買書小旅行」。

彼時在小女孩心田深植的閱讀種子，如今已發芽茁長，讓我成為悠遊書海的愛書人。而今有幸成為出版人，最美麗的理想便是為孩子們出版好書，讓他們享受我曾經享受過的，關於閱讀的種種美好。

近年來有不少專家學者發表「閱讀與人格發展」的相關研究成果，指出「閱讀小說」是培養解決問題能力的絕佳方式。小說情節往往呼應現實人生；觀察小說主角的思考邏輯與行為模式，擴展了讀者的生活經驗，提升與人群和環境對應的能力。

諾貝爾文學獎作家馬奎斯筆下迷人的魔幻世界，原型來自童年時期外婆娓娓敘述的鄉土神話傳奇。外婆的故事穿過門外的雲絮與穹蒼，緩緩飄升，擴展了幼年馬奎斯的想像，使他融入幾千里外另一世代的眾多心靈，與不同時空的人群同悲共喜。

《哈利波特》作者J.K.羅琳曾在哈佛大學畢業典禮勉勵畢業生：人類是地球上唯一不需要「親身經歷」、便能「設身處地」想像他人心思和處境的生物。而啟動我們內心這股「魔法想像」與豐沛能量的泉源，正來自一部部開展讀者眼界的文學傑作。

義大利作家卡爾維諾說：「『經典』是每次重讀都帶來新發現的書；經典之書對讀者所述永無止境。」

經過縝密的評估、規劃並諮詢專家學者，遠流出版於二〇一六年初春隆重推出【經典新視界】書系，為少年讀者精選世界經典傑作。值得一提的是：其中多數書目為數十年來首見中文版，盼能為讀者彌補過往錯過的美好。這些好書均已在國外長銷半世紀，是一波波時光浪潮淘洗而出的珍珠，更是世界文學史上的瑰寶，榮獲國際大獎或書評媒體高度讚譽，值得品讀、典藏。

每本書不但有好看的故事，更有豐富深刻的議題。我們相信透過閱讀，能讓人生中各個階段重要的思考課題自然融入孩子心中；特別是家庭情感、土地認同、情緒管理、同理包容、人際關係、獨立思考、滋養創意、追尋夢想、公民意識……等。

這些好書陪伴孩子面對成長課題、養成一生受用的態度與價值觀，也幫助成人深入理解孩子的內心世界，成為孩子的傾聽者與陪伴者。為此，全系列每本書均委聘專家學者撰寫深入導讀，培養讀者的精讀力與思辨力，並可作為親子互動或教學活動的指引。

我們期待——透過經典好書涵養孩子的美感品味和情感底蘊；對生活有豐富的感受，對他人有同理包容之心。

我們期待——透過經典好書讓孩子培育深刻思辨、演繹批判和創新領導能力，進而拓展寰宇視野；在學習與成長過程中，站得高、看得遠。

我們深切期待——【經典新視界】為孩子構築與閱讀和家庭相關的美好記憶，讓孩子大口吸納成長的養分，眼中閃爍著被好故事點亮的靈光，看見新視界！

（楊郁慧執筆）

導讀

海莉和她的小本子

劉鳳芯（國立中興大學外文系副教授）

海莉永遠帶著筆記本、並隨時隨地做筆記——無論課堂上、與父母聊天當下、甚至是心理醫師的診間；一旦筆記本被扣留、被奪去，海莉就無法思考、生活便失去意義、甚至焦慮得快要發狂。要了解海莉與小本子密不可分的關係，得從她的家庭看起。

海莉生長於紐約都會，是上層家庭的獨生女，父親從事影視行業，母親過著每日上髮廊、玩橋牌、出席派對的貴婦生活。威氏夫婦關愛女兒，卻苦無時間和心思陪伴；自幼，海莉的飲食便由家中的廚子打理，生活作息則由保母嘉麗小姐監護。縱有開明理智的保母相伴，學校也有一二好友，海莉依然相當孤獨——尤其保母離職之後。書寫筆記因此不僅是海莉觀察記錄人生百態的方式，也是她探究反思自我身分的重要媒介。

「我是誰」這個問題，不僅海莉想問，《愛麗絲夢遊仙境》書中的女孩也同樣疑惑。當愛麗絲吃下蛋糕，身體突然長高變形、口中吐出的詩句也荒腔走調、驚覺自己變得跟昨天不一樣，愛麗絲腦中浮現的首要問題便是「我是誰？」

此書原書名「Harriet the Spy」一語雙關：海莉想當間諜，是因為她「想知道世界上所有的事！」在她的認知中，間諜必須知己知彼，所以可以助她達成欲知天下事的願望；不過在海莉實際展開的偵察行動上，「偵察窺探」的成分其實多於「間諜」，所以她同時也是一名偵探。儘管如此，間諜雙重身分、表裡不一、大隱於市的特質，仍然反映了女孩海莉的生命狀態。

在海莉的筆記本尚未旁落他人、她的「真面目」還沒公諸於世之前，海莉表現於外的不過是個尋常的十一歲小孩、一個無異樣的六年級學生，她真正的想法只能隱藏在筆記本中的字裡行間，真性情只能存封於位在閣樓的房間。當「東窗事發」、筆記本內容被攤在陽光下，不折不扣是真實世界間諜身分曝光的悲慘下場翻版。海莉如間諜般表裡不一的生活，也正是她每日放學回家吃完點心之後，必定出門展開偵察窺探行動的原因，因為海莉希望透過城市漫遊，親眼窺見、探知更多關於他人生活的表象與真實——包括保母嘉麗小姐卸下保母身分後的私生活、同學小波下課回家之後扮演的角色、雜貨店成員在忙碌生意背後的家庭互動、富婆龐太太的閨中獨居歲月……以期釐清自己的身分、尋思自己想過的人生。

作為一名寫作者，女孩海莉不僅再現早期女性作家獨具的書寫特質——筆記形式的私密書寫、從屋內人們的蜚短流長中取材，也讓人聯想起誕生於距今一百五十年前、《小兔彼得的故事》創作者碧雅翠絲・波特小姐。波特有著與海莉類似的童年：家境富裕、日常作息由女家教照看、和父母關係疏遠。在波特成長的十九世紀後半，女性的意見與聲音尚未受到重視，波特因此僅能在日記中寫下她對上流社會的種種觀察和評論。為求隱私，波特以密碼寫日記，並從少女時期持續記錄了十五年。當二十世紀中期波特的日記密碼終於解碼，人們才驚覺日記中的波特小姐與溫婉的表面印象判若兩人，一如《超級偵探海莉》書中其他角色在讀過海莉日記後的驚懼與惱怒。不過對於這兩位女性寫作者來說，日記書寫滋養了波特日後的創作；小本子也提供海莉撰寫校刊專欄、步上作家之路的契機；因此小本子裡，既包藏著不為人知的祕密、也有等待破土而出的種子。

《超級偵探海莉》出版雖逾五十載，於今讀來依然充滿原創性、層次豐富、歷久彌新。超級推薦！

推薦文

孩子心中的祕密

王文華（兒童文學作家）

人人都有祕密，也喜歡窺探別人的祕密。

主角海莉有個專長——她知道很多人的祕密。透過她的記錄，我們認識海莉身處的世界：貪吃的送貨員很有善心，整天賴床的富太太對未來完全沒有想法，連海莉的好友都有不欲人知的另一面。

然而，祕密筆記本被發現了，海莉的世界在一夕間崩解：保母走了、好友與她翻臉了、同學全跟她對立……

陪孩子讀這本書，討論海莉的困境，你會發現，無論古今中外，所有成長階段的孩子，也都有如此不安的祕密呢！

用心觀察生活的小作家

江福祐（新北市板橋國小閱讀推動教師）

有別於一般偵探故事以偵破案件做為故事主軸，《超級偵探海莉》沒有傳統偵探小說血腥的殺人事件，也沒有偷矇拐騙的犯罪情節，卻處處流露出海莉做為一個「偵探」時，對於周遭人、事、物所做的細膩觀察與忠於自己的真誠想法。

故事以校園為背景，透過海莉的心與文字，交織出一個豐富、真實的景象與意象。與其說《超級偵探海莉》中的海莉是個偵探，倒不如說是「用心觀察生活的小作家」更為貼切。

孩子的眼睛都在看

吳怡慧（臺北市立大學特殊教育學系助理教授）

這是一本談「自我探索」的好書！

小小年紀的海莉一直在做她喜歡的事——每天帶著熱情執著，將新的視角收錄在筆記本裡。本書中每個人物都行在一條自我探尋和生涯決策的路上——海莉的路上有良師（嘉麗小姐）、益友（小波、珍妮）；街坊德桑提家的法比歐則孤軍奮戰；其他許多人則摸索著小徑前進。孩子需要在安全的範圍內被容許有自己的喜好、有嘗試和犯錯的權利，而不單做個討大人喜歡、聽話的「乖孩子」。選其所愛、愛其所選，孩子才有勇氣突破萬難，享受屬於他的人生。這不是說他就可目中無人，乃是因為先有澆灌，才有修剪；先感被愛，才能去愛。只有認真發現孩子優勢的大人，才有資格對孩子寄予厚望；與其逼孩子就範，不如帶他討論每個選項影響，陪他作適合他、他也能負責的好決定。

孩子對自我表現的認同，是一種本能的驅力；如果他受到激勵和引導，就能不斷精煉，逐漸發現「我是誰」的獨特意義，並活出對群體而言珍貴美好的價值。每個生命的價值，不一定一眼就能發現，因它會不斷提升。也因此，大人更要以誠實、慈愛、勇敢來面對自己和孩子的不完美，並幫助彼此在一次次經驗中包容長進——因為「孩子的眼睛都在看」。

當孩子的心靈導師

岑澎維（兒童文學作家）

我們都期待孩子聰明、獨特、有見解，然而，這樣的孩子卻往往被孤立。幸好，這些孩子多半很快就從絕地之中重生：調整自己或者加入別人。為人父母有時候不必太過在意，孩子自己就是最好的醫生。

這本書裡的一切是這麼熟悉，現在的小學校園就是這個樣子——複雜的人際關係、棘手的教養問題、失落的學習興趣……環境在改變，不變的是，孩子需要同伴，打打鬧鬧也好，分分合合也好，童年就是在這樣的紛擾中度過的。

如果能夠遇到一位智者，孩子願意聽聽他的意見，那是再幸運不過的。如果沒有，閱讀這本書，就像遇到一位溫暖祥和的心靈導師。

誠實與謊言間的美麗糖衣

李苑芳（貓頭鷹親子教育協會創辦人）

年幼時，大人不斷的告誡孩子要「誠實」；可是，有朝一日，這個孩子將會看到「誠實」與「謊言」間，竟暗藏著一件美麗的糖衣；因為這樣的察覺，引領孩子邁向「社會化」之路。

《超級偵探海莉》以全然的客觀和冷靜的筆觸，描寫一個少女的成長歷程。作者透過平實的文字和犀利的視角，為孩子側寫人性的真實面向；更用詼諧戲謔的手法，調侃作家蒐集故事素材的不雅姿態，更暗示好故事其實都是源自樸素的生活點滴！

誰的誠實算數？

柯華葳（國家教育研究院院長）

海莉當偵探，想知道周遭所有的事，她觀察同學和鄰居們的穿著打扮、表情及生活，寫出心裡的感受，做成筆記。一時疏忽，筆記被公開，全班同學既震驚更憤怒，因為上面滿是叫人不能接受的判斷。

海莉則又生氣又尷尬，私密的感受被公開，但為什麼不能說出心裡的感覺？為什麼人人要裝模作樣？而真正要面對的是，私密的感受寫出來傷害了朋友，怎麼辦？道歉？說謊？誠實是上策，但誰的誠實算數？

透過海莉事件，我們應該思考，或許我們自以為的「誠實」可能稱不上誠實。

破解成長的難題

陳培瑜（凱風卡瑪兒童書店的起點）

深信「偵探」都像是福爾摩斯那般的讀者，大抵都會認為，透過不斷鑽研練習和閱讀相關書籍，是增進專業能力不可或缺的過程。本書主角海莉的第一個案子，卻像是在邀請讀者共同經歷這個過程；海莉則是讀者的偵探老師，引領讀者從書寫生活心情點滴、觀察記錄周遭事物、再嘗試用自己的思緒及文字感染他人……進入一個人人都無法迴避的偵探現場，那就是「自我」。

如果你也相信「青少年小說」不只是用來逍遣週末時光，那麼海莉的故事肯定能夠引導小讀者們在面臨「成長中的自我」這個難解的題目時，找到破解的方向。

無與倫比的「人性」偵探

傅林統（兒童文學工作者）

一提起「偵探故事」，大家想到的總是撲朔迷離的事件和名探智勇雙全的破案行動，但海莉偵探的對象卻是身邊平常人物的平常事，只是在她率真、入微的觀察，留下的竟是讓人拍案稱奇的筆記。

同時，偵探的過程遇到的挫折、困惑、四面楚歌，要如何去面對，如何去處理？更撩起讀者強烈的關注。

海莉心靈上的掙扎、思慮、堅持、不退縮，甚至為了「真即是美，美即是真」的信念而勇往直前的毅力，又是多麼讓人震撼。

何其有幸，海莉有理解她的嘉麗小姐，還有以理智和愛擁抱她的父母，於是她成長了，成為忠於自己，也懂得以愛和包容，在人間偵探「人心」與「人性」的作家。

本書富有豐富多元的內涵，是少年兒童成長的滋養，是父母領會如何陪伴聰明絕頂的孩子實現自我的訣竅，不能不讀！

傾聽內心的聲音

蔡明灑（朗朗小書房創辦人）

這是一個出人意表、無比精采的偵探故事。誰說「偵探故事」一定要發生奇案？在我們以為平凡無奇的日常生活中，便潛藏著一個又一個耐人尋味、對成長中的孩子來說動人心魄的愛恨情仇。原來，最懸疑刺激的不是如何揪出十惡不赦的大壞蛋，而是歷歷在目一個孩子逐漸轉變的過程，抽絲剝繭那令人費解的人性幽暗面，真誠傾聽心裡的各種曲音喧囂。

跟著海莉，我們得以滿足人性之中偷窺祕密的慾望；而在看盡千千百百種人之後，情不自禁的跟著思考自己想要成為什麼樣的人。

目錄

第一部

1 嘉麗小姐的祕密

海莉正在跟小波解釋「小鎮」這個遊戲要怎麼玩。「首先呢，你要幫這個小鎮取一個名字。然後呢，再把住在裡頭的人的名字都寫下來。人不要太多，不然會太複雜。我通常會想二十五個。」

「嗯……」小波把手中的足球往上丟。他們正在海莉家的院子裡玩。這棟房子位在曼哈頓東八十七街上。

「哪些人住在那裡都確定之後，就來想他們是做什麼的。比方說，韓先生在這個角落開了一間加油站。」海莉蹲在大樹旁邊，抱著她的筆記本低頭思索，又長又直的頭髮碰到了筆記本邊邊。

「欸，你不想踢足球嗎？」小波問。

「你聽我說，小波，你沒玩過這個，超好玩的。那我們就把加油站放在山上這個彎道的旁邊，之後如果那裡發生什麼事，你就知道加油站在哪裡了。」

小波把足球夾在腋下，走向海莉。「什麼意思？那裡不是只有老樹根嗎？哪裡有山？」

「我說有就有。從現在開始那裡就是一座山，懂嗎？」海莉抬頭看他。

小波退後一步，然後又嘀咕說：「明明就是老樹根。」

海莉把頭髮往後撥，嚴肅的看著他。「小波，你長大要做什麼？」

「你又不是不知道，我想當球員啊。」

「我想當作家。所以我說那是山，那就是山。」說完，她滿意的回頭去看她的「小鎮」。

小波把足球輕輕放在地上，蹲在海莉旁邊，探頭看她正塗塗寫寫的筆記本。

「好。想出了所有男人還有他們的老婆跟孩子的名字之後，我們就來想他們的職業。應該有一個醫生、一個律師……」

「還有印第安酋長！」小波插話。

「不要。一個在電視台工作的人。」

「你怎麼知道他們有電視？」

「我說了算。再說，我爸至少要在裡面吧？」

「那把我爸也放進去。放一個作家進去。」

「好吧。我們就讓費斯堡先生當作家。」

「給他一個像我這樣每天煮飯給他吃的兒子。」小波蹲在地上，腳跟貼地前後搖晃，劈哩啪啦的說：「讓他兒子跟我一樣今年十一歲，還有一個拿走所有錢跑掉的媽媽，還要讓他長大以後變成球員。」

「不行，」海莉不高興的說：「這樣就不是你編出來的故事了，你不懂嗎？」

小波頓了一下，說：「不懂。」

「你聽我說。現在我們把這些都寫下來了，我來玩一次給你看，你就知道好玩在哪裡了。」海莉換上嚴肅認真的口氣。她站起來，然後在九月的軟泥地面上跪下來，這樣彎下身就能看見兩個大樹根之間的小山谷。她不時回頭對照手中的筆記本，但多半時間還是盯著地上看，這片長了苔蘚的低窪地就是她的「小鎮」。

「好。有天晚上，很晚很晚了，韓先生還在加油站裡。他正要關燈回家，因為已經九點，他該上床睡覺了。」海莉說。

「可是他是大人耶！」小波目不轉睛看著加油站的所在地。

「這個小鎮的每個人都是九點半上床睡覺。」海莉肯定的說。

「哦……」小波腳跟貼地，輕輕搖晃身體，「我爸都早上九點才睡覺，有時我起床才碰見他正要去睡。」

「還有，瓊斯醫生正在這邊的這家醫院幫哈里森太太接生。醫院就在這裡，叫卡特鎮綜合醫院。」她指著小鎮的另一邊。小波轉頭去看左邊的樹根。

「那個作家費斯堡先生在做什麼？」

海莉指向小鎮中央。「他在鎮上的酒吧，就在這裡。」海莉低頭看小鎮，表情非常投入。「事情是這樣的。這天晚上，韓先生正要關店回家的時候，有輛又長又大的黑色老轎車開過來，裡頭全都是拿槍的傢伙。他們開得很快很快，韓先生很害怕。這群人跳下車搶劫，韓先生嚇呆了。他們搶走加油站全部的錢，然後免費加滿油，之後就一溜煙逃走，消失在黑夜中。韓先生倒在地上，不但被五花大綁，嘴巴也被封起來。」

小波嘴巴開開，聽得入迷。「然後呢？」

「就在這個時候，哈里森太太的小孩出生了。瓊斯醫生跟她說：看看你生了個漂亮的女娃娃，哈里森太太。漂亮的女娃娃，呵呵呵。」

「男娃娃不行嗎？」

「不行，要女的。哈里森太太已經有一個兒子了。」

「那個嬰兒長什麼樣子？」

「醜斃了。接著，就在這個時候，小鎮的另一邊，加油站過去一點，快到山上但還沒到山上，那群搶匪停在一間農舍前，那是老農夫唐奇的農舍。他們走進農舍，發現老農夫正在吃燕麥粥，因為他的牙齒都掉光了。搶匪把燕麥粥砸在地上，要他拿別的食物出來。可是他除了燕麥粥什麼都沒有，所以他們就把老農夫痛打了一頓，後來還留在農舍裡過夜。這個時候，卡特鎮的警長正好在街上散步。大家都叫他賀伯警長。警長感覺到不太對勁，他心想發生了什麼……」

「海莉！不要泡在泥巴裡。」他們身後的紅磚建築的三樓響起一個嚴厲的聲音。

海莉抬起頭，表情有點緊張。「嘉麗小姐，我沒有泡在泥巴裡。」

她的保母從窗戶往外看的臉，實在不是世界上最好看的臉。不過，那張臉雖然皺著眉頭，皺紋又粗又深，卻還是讓人覺得親切。「海莉・M・威爾許，現在就站起來。」

海莉二話不說就站起來。「可是，這樣我們就得站著玩『小鎮』了。」她哀怨的說。對方俐落回了一句：「這樣最好。」然後就消失了。

小波也站了起來。「既然這樣，我們為什麼不踢足球？」

「你看，如果我這樣坐，就不會碰到泥巴了。」她邊說邊在小鎮旁蹲下。「好。警長感覺到不太對勁……」

「怎麼可能？事情是在小鎮的另一邊發生的，他什麼都沒看到。」

「他感覺到了。他是個很厲害的警長。」

「是喔。」小波懷疑的說。

「嗯。因為他是鎮上唯一的警察，所以才會到處走動，指派大家工作。他跟大家說：我有一股強烈的直覺，這個小鎮不太對勁。所以大家就跟著他，紛紛跳上馬……」

「馬！」小波大叫。

「他們跳上巡邏車，在小鎮裡繞來繞去，直到……」

「海莉。」後門砰的一聲，嘉麗小姐穿過院子，直直朝他們走過來，黑色長靴踏在磚塊上，發出啪嗒啪嗒的聲音。

「嘿，你要去哪裡？」海莉問，馬上從地上跳起來，因為嘉麗小姐換上了外出服。她從來不穿那種一看就知道是裙子、夾克還是毛衣的衣服。她只有一匹又一匹的斜紋軟呢，裹在她身上像一堆不要的地毯，走起路來就會鼓得像氣球一樣。她都稱這些衣服「我的行頭」。

「我要帶你去一個地方。你今年十一歲，也該出去看看這個世界了。」嘉麗小姐站在他們面前，感覺好高大，他們抬起頭，看見了她頭上的藍天。

海莉有點罪惡感，因為她看過的東西，比嘉麗小姐以為的多很多。但她只喊了聲：「哇塞！」然後就開始蹦蹦跳跳。

「去拿外套，動作快，我們現在就出發。」嘉麗小姐做什麼事都是現在。「一起去吧，小波，到處看看對你沒什麼壞處。」

「我七點要回家煮飯。」小波跳了起來。

「七點我們早就回來啦，我跟海莉六點就吃飯了。你們怎麼吃那麼晚？」

「我爸會先喝些雞尾酒，我吃橄欖和花生。」

「真不錯。去拿你們的外套吧。」

小波和海莉跑進後門，啪一聲關上門。

「吵什麼吵？」廚子抱怨，剛好轉過頭，看見他們飛也似的跑進廚房，再跑上後樓梯。

海莉的房間在頂樓，所以他們要跑三段樓梯。終於跑到的時候，兩個人都上氣不接下氣。

「我們要去哪裡？」小波大聲問，跟著海莉往前跑。

「不知道。」海莉氣喘吁吁衝進房間。「反正嘉麗小姐總是知道好地方。」

小波抓起外套走出門，樓梯才走到一半就聽見海莉喊：「等等，我找不到筆記本。」

「幹嘛要帶筆記本？」小波站在樓梯上大聲問。

「我到哪裡都帶著筆記本。」海莉回答，聲音像被蒙住。

「別找了，海莉。」臥房響起劈劈啪啪聲。「海莉？你摔倒了嗎？」

有個模糊的聲音傳來，聽起來鬆了一大口氣。「我找到了！一定是掉到床後面去了。」

海莉抱著一本作文簿走出來。

「你應該累積了一百本了吧。」小波說，兩人走下樓。

「沒有，十四本而已。這是第十四本。怎麼可能有一百本？我八歲開始寫，今年也才十一歲。而且，要不是一開始我的字很大，光是記錄固定偵察路線就寫滿一整本，現在也不可能有那麼多本。」

「你每天都去觀察同樣的人？」

「對。今年有德桑提一家、小喬科里、羅賓森夫婦、海瑞森•魏斯，還有一個新目標：龐太太。最困難的是龐太太，因為我得鑽進小電梯。」

「改天我可以跟你一起去嗎？」

「不行。你傻啦？偵探不跟朋友一起行動的，而且兩個人一起去鐵定會被逮到。你為什麼不找自己的偵察路線？」

「有時候，我會從我房間的窗戶看對面街上的一扇窗。」

「裡頭發生了什麼事？」

「什麼也沒有。有個男人回到家，然後就把窗簾拉上了。」

「不是很刺激。」

「的確。」

他們看見嘉麗小姐站在前門外頭等他們，用腳打著拍子。他們跟著她走去八十六街搭市區公車，沒多久就坐進地鐵裡咻咻飛馳，三個人排排坐。嘉麗小姐第一個，再來是海莉，再來是小波。嘉麗小姐直直看著前方。海莉在筆記本上賣力揮筆。

「你在寫什麼？」小波問。

「把坐在那裡的每個人記錄下來。」

「為什麼？」

「喂，小波！」海莉火了。「因為我**看見**他們，我想**記住**他們。」她轉過頭繼續寫筆記：

穿著捲起來的白襪、腿很肥的男人。一邊斜眼、鼻子很長的女人。長得很抱歉的小男孩，

還有忙著幫他擦鼻涕的金髮胖媽。長相滑稽的小姐八成是老師，正在讀一本書。我不認為我會想住在這些人住的地方，做他們做的事。我敢說那個小男孩很鬱悶，而且常哭。還有那個斜眼的小姐照鏡子的時候一定很痛苦。

嘉麗小姐靠過來跟他們說：「我們要去法羅卡威，差不多還有三站。海莉，我要你看看這個人怎麼生活。她是我的家人。」

海莉倒抽一口氣。她吃驚的抬頭看嘉麗小姐，但嘉麗小姐又繼續看窗外。海莉接著寫：

太不可思議了。嘉麗小姐可能有家人嗎？我從沒想過這件事。嘉麗小姐怎麼可能有爸爸媽媽？她都那麼老了，這是一點。再說，她從沒提過家人，半次也沒有，而且我從出生就認識她了，從來也沒看她收過信。想一想。這件事可能很重要。

他們到站了。嘉麗小姐帶著他們走出地鐵。

走到人行道上時，小波說：「哇！我們離海好近。」他們聞得到味道，鹹鹹的，甚至有細細的水花輕輕吹過他們的臉，但一下就沒了。

「對。」嘉麗小姐輕快的說。海莉看得出來她不太一樣。她走路變快了，頭也抬得更高。

三人沿著街道走向海岸。人行道旁有幾間房子，屋前有一小片草地，房子是黃磚砌成的，另外還有紅磚點綴。海莉心想，看起來不是很漂亮，但或許他們喜歡房子這個樣子，總比紐約那些全部都是紅磚的房子有變化。

嘉麗小姐的步伐愈來愈快、臉愈繃愈緊，一副很後悔來這裡的樣子。接著，她突然轉進通往某棟房子的人行道，一步不停的爬上階梯，從頭到尾沒回頭，也沒說半句話。小波和海莉瞪大眼睛，跟著她爬上階梯進門，然後穿過玄關，再從後門走出去。

她瘋了，海莉心想。她跟小波豎起眉毛互看一眼。接著，他們看見嘉麗小姐朝著一棟小屋走過去。小屋位在公寓住宅後方，周圍就是花園。海莉和小波站在原地，不知道該怎麼辦。這棟小屋看起來像鄉下小屋，跟海莉暑假去水車鎮看到的小屋很像。正面沒刷油漆，跟漂流木一樣是淺灰色，屋頂的灰比較深。

「來吧，小朋友，我們喝杯熱茶。」嘉麗小姐突然心情變好，站在窄小破舊的門廊前跟他們揮手。

「哎呀，看看誰來啦！」有個女人高聲吼：「看看這兩個小搗蛋鬼。」她的圓餅大臉皺成開心的大肉團，嘴巴咧開，露出沒有牙齒的笑容，喉嚨裡發出呱啦啦的尖銳笑聲。

小波和海莉愣在原地，看得目瞪口呆。站在眼前的胖女人像一座山，兩手扠腰，身上穿著棉質印花裙和寬鬆的毛衣外套。海莉心想，那可能是世界上最大的毛衣，說不定鞋子也是世界上最大雙的鞋子。她的鞋子真是一大奇觀。黑黑長長，凹凸不平，兩邊綁著鞋帶，高度到小腿中間，腳踝塞在裡面像要滿出來，鞋帶開口笑，露出底下的白襪子。海莉好想拿出筆記本記下她的樣子。

「你從哪弄來這些小不點？」她興高采烈的說，聲音在左鄰右舍迴盪。「這就是威爾許家的小寶貝？另一個是她弟弟？」

小波咯咯笑。

「不是，他是我老公。」海莉大喊。

嘉麗小姐拉下臉。「海莉，說話不要帶刺，也別自以為幽默。」

胖女人哈哈大笑，臉又皺成大肉團。海莉覺得她看起來像麵團，就要被做成一大條胖嘟嘟的義大利麵包。她想把這個想法跟小波說，但嘉麗小姐催他們走進去。三個人只好從大肚腩山旁硬擠過去，因為胖女人傻呼呼杵在門口。

嘉麗小姐快步走去水壺前，在底下點火，然後鄭重其事的轉過身，幫他們介紹。「孩子們，這位是我母親，嘉麗太太——媽，你可以關上門了。這位是海莉・威爾許。」

「海莉・M・威爾許。」海莉糾正她。

「你明明知道自己沒有中間名，不過如果你堅持，那就海莉・M・威爾許吧。這位是小波。小波，你姓什麼？」

「洛克。賽門・洛克。」他字正腔圓的說。

「賽門，賽門，嘻嘻嘻。」海莉突然覺得自己很壞。

「別拿別人的名字開玩笑。」嘉麗小姐低頭看她，這種時候海莉看得出來她是認真的。

「我收回。」海莉趕緊說。

「好多了。」嘉麗小姐滿意的轉過頭。「現在大家都坐下來喝杯茶吧。」

「好可愛的小東西。」海莉看得出來嘉麗太太還停在雙方介紹那一段。她像一座山站在那裡，火腿一般的大手無助的垂在兩邊。

「媽，快坐下來。」嘉麗小姐輕聲說。嘉麗太太坐下來。

海莉和小波面面相覷。兩人腦中閃過同樣的想法：這個胖女人的腦袋不怎麼靈光。

嘉麗太太坐在海莉的左邊，實際上是整個人靠過來，兩眼直視她的眼睛。海莉感覺自己像動物園的動物。

「海莉，看看你周圍。」嘉麗小姐嚴肅的說，一邊幫所有人倒茶。「我帶你來這裡，是因為你從沒看過這樣的房子裡面長什麼樣子。你看過哪棟房子的廚房裡擺了一張床、一張餐桌、四把椅子和一個浴缸嗎？」

海莉得把椅子往後挪才看得清楚，因為嘉麗太太還一動不動靠在她身上，盯著她看。這個房間是很怪。爐子旁邊鋪了張寒酸的小地毯。

海莉心想，海瑞森・魏斯也只有一張床和一張餐桌，但她不想讓嘉麗小姐知道她從天窗偷看海瑞森・魏斯，所以就沒說什麼。

「我想應該沒有。」嘉麗小姐說：「看看你的四周。一邊喝茶，孩子們。牛奶和糖如果不夠多，可以再加。」

「我不喝茶。」小波羞怯的說。

嘉麗小姐看了他一眼。「你不喝茶是什麼意思？」

「我從來沒喝過茶。」

「一次都沒嘗過？」

「對。」小波的表情有點害怕。

海莉看看嘉麗小姐。只見她挑起眉毛，露出調皮的表情，這表示她又要引經據典了。

「**人生中很少有什麼時間，比獻給一般人稱為下午茶的時間更教人心曠神怡。**」嘉麗小姐心平氣和說出這句話，然後就往椅背一靠，滿足的看著小波。小波一臉茫然。

「亨利・詹姆斯*，」嘉麗小姐說：「一八四三到一九一六。出自《一位女士的肖像》。」

「那是什麼？」小波問海莉。

「一本小說，傻瓜。」海莉說。

「就像我爸寫的東西。」小波說，就算打發了這個話題。

「我女兒很聰明。」嘉麗太太喃喃說，仍然直直盯著海莉。

「看清楚了，海莉。」嘉麗小姐說：「一個對誰都沒興趣，對書本、學校、任何生活方式都不感興趣的女人，在這個房間裡吃飯、睡覺、等死，就這樣住了一輩子。」

海莉驚恐的瞪著嘉麗太太看。嘉麗小姐說這些話對嗎？嘉麗太太不會生氣嗎？但嘉麗太太只是滿足的看著海莉。海莉心想，或許她忘了把頭轉到別的方向，除非有人告訴她。

「試試看嘛，小波，很好喝。」海莉趕緊跟小波說，想要轉變話題。

小波勉強喝了一小口。「還不錯……」他輕聲的說。

「什麼都試試看，小波，至少試一次。」嘉麗小姐嘴上說，但心好像不在那裡。海莉好奇的看著她。嘉麗小姐今天真的很反常。她好像……她在生氣嗎？不對，不是生氣。她看起來很悲傷。海莉心裡一震，驚覺這是她第一次看見嘉麗小姐一臉悲傷。她甚至不知道嘉麗小姐可能會悲傷。

嘉麗小姐簡直好像在想同一件事。她突然搖搖頭，挺胸坐直。「好了，」她開朗的說：「我想我們喝夠茶了，今天也看得夠多了，差不多該回家了。」

＊譯註：亨利・詹姆斯（Henry James, 1843-1916），十九世紀美國小說家。

接下來發生了一件詭異到極點的事——嘉麗太太的兩隻肥腳突然跳起來，把她的茶杯摔在地上。「你老是丟下我！老是丟下我！」她放聲大叫。

「好了，媽。」嘉麗小姐平靜的說。

嘉麗太太像個巨大的娃娃，在地板中間跳來跳去。她讓海莉想起那些綁著繩子彈上彈下的氣球，像人一樣說「爆炸」就「爆炸」。小波咯咯發笑。海莉也想笑，但不確定自己該不該笑。

嘉麗太太愈跳愈遠。「來了就是為了一再丟下我。老是丟下我。還以為你這次來了就不會走了。」

「好了，媽。」嘉麗小姐又說，這次她站起來，走向她母親，穩穩把手放在嘉麗太太彈上彈下的肩膀上。「媽，」她溫柔的說：「你知道我下禮拜會再來。」

「對喔。」嘉麗太太說，馬上停止彈跳，對海莉和小波咧開了嘴笑。

「天啊。」小波壓低聲音說。

海莉看得入迷。然後嘉麗小姐催促他們穿上外套，三個人跟開開心心的嘉麗太太揮手道別之後，就又回到街上，在漸漸變暗的日光下沿著街道走。

小波一路上不斷重複說著：「我的天啊。」

海莉迫不及待要回房間寫筆記。

嘉麗小姐平靜的直視前方，臉上毫無表情。

2 開學第一天

那天晚上睡前，海莉拿出她的筆記本。她有好多事得想一想。明天就開學了。到時她要忙著寫下學校同學暑假過後的改變，要記錄的東西很多，所以今天晚上她想先思考一下嘉麗太太的事。

我想，嘉麗太太應該會讓嘉麗小姐很傷心。我媽雖然不像嘉麗小姐那麼聰明，但也沒有嘉麗太太那麼笨。我才不想有個很笨的媽媽，那樣我一定會覺得很丟臉。我想我可以寫一個嘉麗太太被卡車輾過去的故事，只不過她那麼胖，真不知道卡車會怎麼樣。我最好去查清楚。我不想活得像嘉麗太太一樣，不過我很好奇她的腦袋在想什麼。

海莉把筆記本放下，跑進嘉麗小姐的房間親吻她，跟她道晚安。嘉麗小姐坐在搖椅上看書，頭上亮著一盞燈。海莉衝進房間，直接跳到單人床上的黃色蓬蓬被中間。這個房間的所有東西都是黃色的，從牆壁到插了菊花的花瓶都是。嘉麗小姐說她「熱愛」黃色。

「腳不要放床上。」嘉麗小姐頭也沒抬的說。

「你媽媽都在想什麼？」海莉問。

「我不知道。」嘉麗小姐若有所思的說，眼睛仍盯著書看。「我也納悶很多年了。」

「你在讀什麼書？」海莉問。

「杜斯妥也夫斯基①。」

「什麼怪名字？」海莉用粗魯的口氣問。

「聽聽這句。」嘉麗小姐臉上又出現「引經據典」的表情。「愛上帝的所有創造物，一草一木、一砂一石。愛每一片葉子、每一道上帝的光。愛動物，愛植物，愛世界萬物。若能愛世界萬物，你就能感受到事物的神聖奧祕。一旦感受到，你就會一天比一天更加理解。最後，你就能用包容一切的愛，去愛全世界。」

「什麼意思啊？」海莉靜靜聽完之後問：「你覺得是什麼意思？」

「大概就……如果你什麼都愛……就會知道世界上所有的事……然後……或許……你就會更愛所有的一切。不知道，大概就是這樣吧。」嘉麗小姐看著海莉，儘可能在臉上堆出溫柔的表情，畢竟她的臉很像用橡木雕刻成的。

「我想知道世界上所有的事，所有的事！」海莉突然尖聲大喊，往後一躺，扭著身體在床上彈來彈去。「世界上所有的事！我要成為偵探，然後知道所有的事。」

「知道世界上所有的事，卻不知道拿它怎麼辦，這樣對你一點好處也沒有。好了，起來，偵探海莉小姐，你該去睡覺了。」嘉麗小姐說完就走過來，揪住海莉的耳朵。

①譯註：杜斯妥也夫斯基（F. Dostoyevsky, 1821-81），十九世紀俄國小說家。

「好痛！」海莉邊叫邊被抓進房間，雖然其實不痛。

「好了，上床睡覺吧。」

「爸媽來得及回家跟我說晚安嗎？」

「來不及。」嘉麗小姐說，幫海莉蓋好被子。「他們去參加派對，明天吃早餐的時候你就會看到他們了。現在睡吧，馬上——」

「嘻嘻，」海莉說：「馬上睡著。」

「別再讓我從你的嘴巴聽到聲音。明天你就要開學了。」嘉麗小姐靠上前，在她的額頭上大力的小小一啄。嘉麗小姐從來就不是那種很愛親親的人，海莉覺得也好，反正她討厭親親。嘉麗小姐關上燈，海莉聽著她走回房間（其實就在走廊對面），拿起書，重新坐上搖椅。

接著，海莉像往常一樣拿出手電筒，把她正在看的一本書拿進被窩裡，每晚她都會在該睡覺時做這件事。她開開心心看著書，直到嘉麗小姐進來拿走她的手電筒為止。這也是她每晚都會做的事。

隔天早上，威爾許太太問海莉：「想不想試試火腿三明治、蛋沙拉，還是花生醬三明治？」廚子氣嘟嘟的站在餐桌旁邊。

「番茄。」海莉回答，眼睛盯著手上的書，抬都沒抬一下。

「吃飯不要看書。」海莉放下書。「海莉，你已經連續五年每天都帶番茄三明治去學校，難道都不會膩嗎？」

「不會。」

「奶油乳酪跟橄欖怎麼樣？」

海莉搖搖頭。廚子忍無可忍的把手一揮。

「那煙燻牛肉？烤牛肉？小黃瓜？」

「番茄。」

威爾許太太聳聳肩，無可奈何的看著廚子，廚子的臉皺成一團。「真受不了。」廚子忿忿丟下一句話就走了。威爾許太太喝了一口咖啡。「有沒有很期待開學啊？」

「還好。」

威爾許先生放下報紙，看著女兒問：「你喜歡上學嗎？」

「不喜歡。」海莉說。

「我一向討厭上學。」威爾許先生說完又繼續看報紙。

「親愛的，你不應該說這種話。我就滿喜歡上學的……唔，在我十一歲的時候。」威爾許太太看著海莉，彷彿期待女兒回答。

海莉不知道自己對學校的感覺。

「喝你的牛奶。」威爾許太太說。海莉每次都會等媽媽說這句話再喝牛奶，無論她有多渴。她喜歡媽媽提醒她。她喝了牛奶，安靜的擦擦嘴巴，然後從餐桌前站起來。正要去廚房的嘉麗小姐剛好走進來。

「海莉，從餐桌前站起來要說什麼？」威爾許太太心不在焉的問。

「請慢用。」海莉說。

「禮貌相當重要，尤其是早上。」嘉麗小姐厲聲說著，走出飯廳。不知為何，嘉麗小姐早上都特別暴躁。

海莉用很快的速度跑上樓回房間。「我六年級了！」她大喊，只是為了讓自己有伴。她拿了筆記本就甩上房門，劈哩啪啦衝下樓梯。「拜拜，拜拜！」她喊，好像要去非洲似的，然後就奪門而出。

海莉念的學校是格雷戈里中學，是艾蓮諾・格雷戈理小姐在世紀之交創立的。學校坐落在東大道上，離海莉家只有幾條街，對面就是卡舒爾公園。海莉開開心心抱著她的筆記本，蹦蹦跳跳走上東大道。

校門口前擠了一堆學童，正要走進校園，更多人三三兩兩分散在人行道上。學生有胖有瘦、有高有矮，而且多半是女生，因為格雷戈里中學基本上是一所女校，男生很少。男生最多只能讀到六年級，之後就得轉去別的學校了。

這讓海莉有點難過，因為過了今年，小波就不在這所學校了。其他人她才不管，尤其是品基，因為她覺得他是天下第一號大笨蛋。他們班上還有另一個男生，海莉幫他取了「穿紫色襪子的男生」這個綽號，因為他實在太無趣，大家都懶得記住他的本名。他是去年才轉來的，其他人都從一年級就認識了。海莉記得他第一天穿紫色襪子來上學的那天。誰會穿紫色襪子？海莉覺得幸好他穿了紫色襪子，要不然根本沒人發現他的存在。他一句話都不說。

海莉靠在消防栓上，打開筆記本。小波走過來，說：「嗨。」

「嗨。」

「有人來了嗎？」

「只有那個穿紫色襪子的笨蛋。」

海莉在筆記本上快速寫下：

有時候小波看起來很像整晚沒睡。他眼睛周圍有些怪怪的小屑屑。我替他擔心。

「小波，你早上有洗臉嗎？」

「嗄？呃……沒，我忘了。」

「嗯。」海莉不以為然的說，小波把眼神轉開。其實海莉也沒洗臉，但別人看不出來。

「珍妮來了。」小波指著街道。

珍妮‧吉伯斯是海莉除了小波以外最好的朋友。她有一組化學器材，打算有天要炸了全世界。海莉和小波都很佩服珍妮做的實驗，但兩個人都聽不懂她說的實驗內容。

珍妮慢慢走向他們，眼睛明顯盯著對面公園的一棵樹不放。她的頭歪向右邊，像閱兵典禮上的士兵。這樣走路看起來很怪，但小波和海莉都知道她是因為害羞，不想看到人才這樣，所以都沒說什麼。

珍妮幾乎撞上他們。

「嗨。」

「嗨。」

「嗨。」

嗨完之後，三個人都頓了一下。

「天啊，」珍妮說：「又是新的學期。又老了一歲，可是我卻沒有離目標更近。」

小波和海莉嚴肅的點點頭。他們看著一輛由司機駕駛的黑色豪華轎車開過去，停在校門口。有個嬌小的金髮女孩走下車。

「可怕的貝絲・艾倫・韓森來了。」珍妮冷笑一聲說。貝絲是班上最漂亮的女生，所以大家都看她不順眼，尤其是長相平凡、滿臉雀斑的珍妮。

海莉低頭寫筆記：

珍妮一年比一年更古怪。我認為她或許真的會炸掉全世界。而貝絲老是一副快哭出來的樣子。

這時，瑞秋・海納西和瑪麗安・霍桑一起走過來。這兩個人老是黏在一起。「早，海莉、賽門、珍妮。」瑪麗安一本正經的說。她一副老師樣，好像隨時都會敲桌子叫全班安靜。瑞秋不管瑪麗安做什麼就跟著做，所以現在她高高在上的跟他們問好，點了點頭，之後就跟瑪麗安一起走進教室。

「這兩個人會不會太誇張？」珍妮說著，嫌惡的別過頭。

凱莉・安德魯跳下公車。海莉寫下：

凱莉・安德魯今年變胖很多。

蘿拉・彼得斯走下小巴士。海莉寫下：

而蘿拉・彼得斯變得更瘦、更醜了。我覺得她可以戴一下牙套。

「天啊。」小波說。三人一轉頭就看見品基・懷特。品基又瘦弱又蒼白，看起來就像一杯牛奶，一杯高高瘦瘦的牛奶。小波不忍心看他。海莉反射性轉過頭，然後又回頭去看他有沒有什麼改變。接著她寫下：

品基・懷特都沒變。品基・懷特永遠都不會變。

海莉回想她記在腦袋中有關品基的資料。他住在八十八街，他媽長得很漂亮，他爸在雜誌社工作，還有一個三歲大的妹妹。海莉寫下：

我媽老是說，品基・懷特的問題都出在他媽。我最好去問我媽這是什麼意思，不然我永遠找不出答案。難道他媽討厭他嗎？如果我是他媽，我一定會討厭他。

「該進教室了。」小波有氣無力的說。

「是啊，咬著牙忍過去。」珍妮轉向校門。

海莉合上筆記本，三個人一起走進去。第一節課要去大禮堂開朝會。

訓導主任安潔拉小姐站在講台上。海莉一坐下就埋頭寫筆記：

安潔拉小姐的腳今年看起來更大了。她一口暴牙，頭髮稀疏，兩隻腳像雪橇一樣大，肚子大到往下垂。嘉麗小姐說「描寫」對靈魂有益，可以疏通腦袋，就像瀉藥一樣。那應該可以幫上安潔拉小姐的忙。

「各位同學早。」安潔拉小姐對台下一鞠躬，動作像銀柳一樣優雅。台下學生動來動去，紛紛站起來。「安潔拉小姐早。」大家拉長聲音說，接著潛藏在台下的嘀嘀咕咕聲隨即響起，有如副旋律。安潔拉小姐簡短發表了一篇有關校園遍地都是口香糖和糖果紙的演說，說她想不通背後的原因。接著是朗讀時間。每天早上都會有兩、三名高年級女生朗讀一小篇文章，通常是聖經裡的文章。海莉都沒在聽。佳句名言她從嘉麗小姐那裡就聽得夠多了，她都利用這段時間寫筆記：

嘉麗小姐說，地球上有多少人，就有多少種生活方式。而我不該視而不見的走來走去，應該儘可能去觀察各種生活方式。這樣我就會知道自己想過什麼樣的生活，而不會只是照著自己家的方式生活。

告訴你一件事：我可不想過跟安潔拉小姐一樣的生活。前幾天我在雜貨店裡看到她。她買了一小罐鮪魚、一瓶健怡可樂，還有一包香菸。一顆番茄都沒買。她一定過著很悲慘的生活。好希望下午快點到，我等不及要重新走一遍我的固定偵察路線。我一整個暑假都不在，鄉下的房子每一間都離得太遠，要多跑一些地方得開車才行。

朝會結束了。全班站起來，排成一列走回六年級教室。進了教室，海莉佔到小波和珍妮中間的座位。

「嘿！」小波對她喊。他很開心，因為要是搶不到好位置，要傳紙條就很難。

艾爾森小姐站在講台前。她是他們班的導師。海莉好奇的看著她，然後寫下：

我認為，艾爾森小姐是那種你懶得再想起第二次的人。

她啪一聲合上筆記本，彷彿把艾爾森小姐放進盒子，然後啪一聲蓋上蓋子。艾爾森小姐先點名。她用尖銳刺耳的聲音喊：「凱莉、珍妮、貝絲、瑪麗安、瑞秋、彼得、蘿拉、賽門、海莉、品基。」

大家都盡責的喊：「有！」

「各位同學，現在我們來選本學期的班長。有人要提名嗎？」

小波馬上站起來：「我提名海莉•威爾許。」

珍妮大喊：「附議！」這個畫面每年都會重演，因為什麼事都歸班長管。老師不在教室的時候，班長可以把不守規矩的同學記下來。班長還可以擔任校刊的六年級專頁編輯。

瑞秋站起來：「我提名瑪麗安•霍桑。」她用超級神經質的聲音說。

瑪麗安瞪了貝絲一眼，海莉看得汗毛直豎。貝絲一臉害怕，然後膽怯的站起來，聲音像小貓，結結巴巴的說：「我附議。」作弊，從頭到尾都是，每年都這樣。因為沒有其他人提名，全班就開始投票。結果瑪麗安贏了。每年不是她贏，就是瑞秋。海莉在筆記本上寫：

你以為老師會發現其中有詐，畢竟都五年了，而我、小波或珍妮卻從沒當選過班長。

瑪麗安得意到尾巴都快翹起來了。小波、珍妮和海莉恨恨的交換眼神。珍妮咬著牙說：「有天我們會贏的。等著瞧。」海莉好奇珍妮是不是指等她炸掉全世界，瑪麗安就會看清自己是哪根蔥。或者，珍妮的意思是她要先炸掉瑪麗安。這樣也不錯。

終於到了三點半，放學時間到了。小波走到海莉面前說：「嘿，要不要來我家玩？」

「等我當完偵探再說吧，如果我還有時間的話。」

「喔，珍妮要做實驗。你們兩個老是在忙。」

「你為什麼不去練球？這樣要怎麼當球員？」

「不行。我得打掃家裡。你有空就過來。」

海莉說：「好吧。」跟小波說完再見她就跑回家。吃蛋糕配牛奶的時間到了。每天下午三點四十分她都會吃蛋糕配牛奶。海莉喜歡每天都做一樣的事。

「蛋糕牛奶時間到了，我的蛋糕牛奶時間到了，到了到了！」她邊喊邊跑進她家的前門，衝上門廊，經過飯廳和客廳，然後下樓梯衝進廚房，跟廚子撞個滿懷。

「你跟飛彈一樣，咻一下從學校飛回家裡。」廚子尖聲喊。

「哈囉，廚子，哈囉，廚娘，哈囉，哈囉，哈囉。」海莉亂唱一通，然後打開筆記本寫下：

巴拉巴拉巴拉。我真的很能亂掰。難怪嘉麗小姐跟我說：「我絕對不會在人群裡把你弄

丟，只要跟著你的聲音走就好了。」

她啪一聲合上筆記本，廚子跳了起來。海莉哈哈大笑。

廚子把蛋糕和牛奶放在她面前。「你老是在那本天殺的本子上寫什麼？」她露出嘲諷的表情。

「因為……」海莉邊吃蛋糕邊說：「我是個偵探。」

「偵探，喝。好個偵探。」

「我是偵探沒錯，而且還是個厲害的偵探。我從來沒被逮到過。」

廚子端了杯咖啡坐下來。「你當偵探多久啦？」

「從我會寫字開始。嘉麗小姐說，如果我將來想當作家，最好把所有的事都寫下來。所以我是個什麼事都會寫下來的偵探。」

「嗯哼……」海莉知道廚子想不到要說什麼就會嗯哼嗯哼。

「我知道你全部的事。」

「說得跟真的一樣。」廚子一臉訝異。

「是真的。我知道你跟你妹妹一起住在布魯克林，她可能會結婚，而你想要一台車，還有，你有個不中用又愛喝酒的兒子。」

「你這孩子到底做了什麼？在門外偷聽？」

「對。」海莉說。

「我從不做這種事。」廚子說：「我認為那樣很沒禮貌。」

「嘉麗小姐就不會這麼說。嘉麗小姐說，儘量去發掘所有的事，因為不管你知道得多一點或少一點，人生都不會比較輕鬆。」

「我敢說，她不知道你在這間屋子裡到處偷聽。」

「不然我要怎麼發掘所有的事？」

「我哪知道啊。」廚子搖頭，「我不懂那個嘉麗小姐……」

「什麼意思？」海莉感到不安。

「我不知道，我也說不上來，就是覺得她怪怪的。」

嘉麗小姐走進廚房。「什麼事你不知道？」

廚子臉上的表情好像想躲到桌子底下。她站起來。「嘉麗小姐，要幫你泡杯茶嗎？」她溫順的問。

「那就太感謝了。」嘉麗小姐坐了下來。

海莉打開筆記本：

不知道剛剛那是怎麼回事。也許嘉麗小姐知道廚子某些事，但廚子又不希望她知道那些事。調查看看。

「海莉，這學期學校上什麼？」嘉麗小姐問。

「英文、歷史、地理、法文、數學，呃……自然，呃……表演藝術。嗚啦啦。」海莉用很無聊的語調一口氣說完。

「什麼歷史？」

「希臘人和羅馬人，呃啊。」

「他們很有意思。」

「嗄？」

「真的。等著瞧，以後你就知道了。說到偵探，那些神隨時隨地都在監視所有人。」

「啥？」

「沒錯。海莉，要說『是嗎』，不是『啥』。」

「我希望我從沒聽過他們的名字。」

「伊索②有個想法可以讓你參考：**就算心中的願望得以實現，人往往也不會因此開心滿足。**」說出這句名言之後，嘉麗小姐滿足的輕呼一聲。

「我要出門了。」海莉說。

「是啊，」廚子說：「出去玩吧。」

海莉站起來。「我不是出去玩，我是去**工作**的！」她用儘可能高貴的姿態走出廚房，爬上樓梯。然後就開始用跑的，用最快的速度衝上樓，經過一樓的客廳和飯廳，二樓爸媽的房間和書房，最後到三樓她的小房間和浴室。

海莉很愛她的房間。這房間小而舒適。浴室不大，有扇小窗可以看到對街的公園。房間還有一扇比較大的窗戶。海莉看看四周，跟往常一樣很滿意這個房間的整齊和效能。她每

②譯註：相傳為古希臘故事集《伊索寓言》的作者。

次都會馬上撿起地上的東西，不是因為有人念她（沒人念過她），而是因為這是她的房間，她喜歡它這樣井然有序。海莉對很多事都有同樣的要求。她的舒適房間圍繞著她，等著她。她的小床在窗戶旁邊；書櫃裡擺滿了書；玩具箱以前裝滿玩具，現在拿來放她的筆記本，因為玩具箱可以上鎖；還有她寫功課的書桌椅——全部彷彿都深情的回望著她。海莉把課本放在書桌上，快速換上偵探服。

她的偵探服包括：首先是一件很舊很舊的藍色牛仔褲，她媽媽雖然禁止她穿這件，但海莉很愛它，因為她在腰帶縫上鉤子，把偵探的工具掛在上頭。她的工具包括手電筒（以防晚上出門，雖然從來沒有）、放筆記本的皮套、另一個放筆的皮套、水壺，還有一把男童軍的瑞士刀，裡頭有螺絲起子、折疊式刀叉等等小工具。她還沒碰過要在外面吃東西的狀況，但反正有備無患。

她把所有東西都繫在腰帶上，除了鏗鏘作響之外，其他都還不錯。接著，她穿上深藍色的連帽舊毛衣，暑假她在海邊度假時穿過這件毛衣，所以現在還有好聞的鹹鹹海風的味道。然後，她穿上一雙藍色的舊布鞋，每根腳趾上都有破洞。她媽媽其實已經把這雙鞋丟了，但海莉趁廚子不注意時把鞋子從垃圾桶救回來。

最後，她戴上一副沒有鏡片的黑框眼鏡。這副眼鏡是她在爸爸的書桌找到的，她有時連上學都會戴，因為她覺得戴眼鏡看起來更聰明。

她後退一步，照照浴室門上掛的全身鏡，對自己的樣子十分滿意。然後她快速跑下樓衝出去，砰一聲關上身後的門。

3 放學後的偵探時間

沿著街道奔跑時，海莉的心情特別興奮，因為今天她在平常的偵察路線上多加了一個新目標——最近她發現了偷偷潛入轉角某間透天厝的方法。透天厝比公寓難進去多了，而且這是海莉成功突破的第一間透天厝。屋主是龐艾佳太太。她是個行為怪異又很誇張的女人，曾經嫁過一個有錢的老公，但已經離婚，現在一個人住，而且顯然整天都在講電話。這些多半都是海莉偷聽龐太太的女傭跟一個親切過頭的垃圾清潔工之間的幾次對話得知的。收垃圾的時候，海莉都假裝在旁邊玩球。

昨天，她發現只要時間抓得剛剛好，她就可以趁女傭上下樓的時候，跳進龐太太家用來送食物的小電梯，然後拉上電梯門。那個女傭每天要上下樓很多次。那部小電梯已經棄置不用，但幸好沒有整個封起來，而且門上有個小裂縫，所以海莉可以清楚看見、聽見外面發生的事。

她走向房子，從廚房的窗戶往屋裡窺探，看見女傭正在把食物放上托盤。她知道女傭接下來會把托盤端上二樓。她一秒都不能浪費。女傭走進食品儲藏室。海莉趁機從廚房門溜進去，然後跳進小電梯，差一點點就來不及在女傭走回廚房之前拉上小電梯的門。女傭不成調的哼著：「美國小姐，看看她，美國小姐，啦啦啦……」

食物準備好了。女傭端起托盤走出廚房。同一時間，海莉開始拉繩子，把小電梯往上拉。吱吱軋軋的聲音好大，她嚇死了。這樣不行，也許下次她可以帶點潤滑油來。

二樓到了。海莉的心跳得好快，快到她幾乎無法呼吸。她從裂縫看出去，最先看到的是一張四柱大床。龐太太就坐在床中間，身體靠在一大堆枕頭上，手裡拿著電話，周圍散落著雜誌、書、糖果盒，還有扔得亂七八糟的粉紅色小枕頭。

「我告訴你，」龐太太對著電話斬釘截鐵的說：「我發現了人生的祕密。」

哇塞！海莉內心驚呼。

「親愛的，很簡單，只要你喜歡你的床就好了。無論如何都不要下床，不管為了什麼事或什麼人都不要。」

什麼跟什麼嘛！這是我聽過最笨的一句話，海莉想。反正她討厭床，「不要在床上浪費時間」是她的座右銘，在床上的時間愈少愈好。

「哦，親愛的，我知道。我知道你逃不開生活，我同意你的話。我痛恨逃避生活的人，可是你知道嗎，我沒有逃避生活。我雖然躺在床上，其實我是在工作，因為你知道嗎，這就是最神奇的地方——我正在考慮要從事什麼職業！」

你看起來都七老八十了，要就得動作快，海莉心想。

女傭端著托盤走進來。「放那裡就好。」龐太太的口氣不太好，然後繼續講她的電話。

海莉在筆記本寫下：

嘉麗小姐說得沒錯。有錢人都很無聊。她說，人什麼都不做，就什麼都不想，當人什麼都不想的時候，這種人也不值得你想起他們。如果我家有小電梯，我會隨時注意有沒有人躲在裡面。

龐太太彷彿讀出她的心思，突然問女傭：「你剛剛有聽到小電梯發出怪聲音嗎？」

「沒有啊，太太。」女傭說。

「那可能是我想太多。」龐太太又繼續講電話：「親愛的，我有無窮無盡的可能。你不覺得我會是個很──棒──的女演員嗎？還有畫畫。我可是個會畫畫的人。你認為呢？……喔，親愛的，我才四十歲，想想高更*……」

海莉開始慢慢慢慢的拉繩子，讓小電梯往下降，一路上心臟還是撲通撲通跳。她心想，最好趁龐太太還在嘰嘰喳喳講電話時趕快下樓，不然小電梯發出的聲音一定會被聽見。接近地面時，小電梯發出小小一聲「吱──」，但她很確定沒人聽見。一樓到了。她往廚房裡看。沒人。她可以及時逃出去嗎？她爬下小電梯，拚了命的往前跑。

我從來沒跑那麼快過，海莉邊想邊側身跑過轉角。她氣喘吁吁坐在階梯上，拿出筆記本。

我想，這個任務可能太危險了，可是我好想知道龐太太會選什麼工作。問題是，躺著要怎麼工作？整天躺在床上她要怎麼養活自己？我猜她都靠她前夫的錢生活。我媽都靠我爸養

*譯註：高更（Paul Gauguin, 1848-1903），法國畫家。做過船員、股票經紀人，三十幾歲才下定決心成為畫家。

嗎？我才不要這樣。看看可憐的小波。就算我沒有整天躺在床上吃吃喝喝，他就有夠多事情要忙了。

海莉今天還有三個地方要去，但她決定先去小波家串串門子。走到一半她覺得口渴，就到她最喜歡的小吃店買蛋蜜乳。這是她最喜歡的小吃店，因為她就是在這裡第一次偷聽到人跟人閒聊時會說的各種話題。她喜歡捧著蛋蜜乳坐在櫃檯旁，讓後面座位的聲音在她頭上飄來飄去。每次都會有很多對話在同時間進行。有時候，她會跟自己玩個遊戲——聽後面的人說話，不要回頭，先在心裡猜想他們的長相，過一會兒再回頭驗證自己有沒有猜對。

「一杯巧克力蛋蜜乳，謝謝。」

「好的，海莉。你今天好嗎？」

「還不錯。」海莉坐下來，很高興有人認識她。她把銅板放在桌上，邊聽邊喝飲料。

「我爸是豬。」

「所以說，我不得不承認，我處理那個案子的方式十全十美，完美得無可挑剔。我跟法官說……」

「他是豬，因為他覺得自己最行。」

「小潔，你聽我說，我們非去果園街買那樣東西不可。我不能再忍受住在那棟沒有窗簾的房子裡，一分鐘也沒辦法。誰都能看到裡面。」

海莉很想回頭去看，說不定出現了一個她可以納入偵察路線的新目標，但最後她還是克制住衝動。如果誰都能看到裡面……

「你知道，不是我自誇，但是我這輩子打輸的案子少之又少。」

「他這隻豬，整天咬著我媽不放，連她說句話都要管。」

咬人豬，海莉心想。

「你無法想像隨時都得躲躲藏藏的感覺。真要命，我甚至不能穿著襯裙走來走去。」

蛋蜜乳喝完了。海莉為她的猜測做出結論。有個豬頭老爸的男孩應該是瘦瘦的，一頭黑髮，滿臉雀斑。那個每次都打贏官司的律師必定又矮又肥，整個身體往前靠在桌上。她想像不出那個沒窗簾的女生的長相，後來決定她一定很胖。她轉過頭——

一開始海莉分辨不出誰是誰。後來她看見了那個有黑頭髮和滿臉雀斑的男生，心裡相當得意。然後她轉去看應該是律師的那個人，那裡有兩個人，她仔細聽，確認自己有沒有猜對——錯了，另一個才是律師。他沒有又矮又胖，反而又瘦又高，而且長得很帥。她只好安慰自己：至少他的眼睛有點浮腫。

看見那個家裡沒窗簾的女孩，海莉心想，難怪她不能穿著襯裙走來走去——媽啊，她是我看過最胖的人。

可以了。三題對兩題。時好時壞。她滑下凳子，走去找小波。小波住公寓，要爬四段樓梯。他來開門時穿著圍裙，手裡抓著一條抹布。「嗨，海莉，進來吧。我先把碗洗一洗。」

「洗完之後呢？」

「掃地。」

「小波，你要做的工作也太多了吧。」

「還能怎麼辦？總得有人做啊。我如果不做，過一個禮拜就找不到客廳了。」

兩人走進廚房，小波繼續洗碗。海莉指著廚房右邊一扇關上的門。「他在裡面嗎？」

「我爸整晚熬夜寫作，正在補眠。待會我得去雜貨店一趟，然後回來幫他弄晚餐。」

「我連弄自己的晚餐都不會，更不用說幫我爸弄晚餐了。你怎麼會？」

「喔，我弄很多次了。你知道，就用很多蛋。」

「他不在乎自己吃什麼嗎？」

「作家才不在乎自己吃什麼，他們只在乎別人對他們的想法。海莉，接住。」

「我就很在乎自己吃什麼。」這時候，海莉聽到臥房傳來響亮的呻吟聲，害她差點把盤子掉到地上。「嘿，那什麼聲音？」

小波一副無所謂的樣子。「沒什麼，我爸作了噩夢。作家常作噩夢。」

「小波，你長大想當作家嗎？哇，你爸還可以幫你。」

小波差點趴在流理台上。「開什麼玩笑，你明知道我想當球員。就算我當不上厲害的球員，我告訴你，我也要當ＣＰＡ。」

「那是什麼？」

「你不知道什麼是『ＣＰＡ』？」小波尖聲問。

「不知道。」海莉說。她從來不介意承認自己不知道某些事。那又怎樣，她心想。我永遠可以學啊。

「好吧，我帶你去看，跟我來。」小波放下抹布，拉著海莉的手走進房間。一看就知道這是小波的房間，因為裡面乾淨溜溜。房裡有一張軍用帆布床、一把直背椅，還有一張小書桌。書桌上什麼都沒有。小波從口袋拿出一串鑰匙打開書桌抽屜。「看到這些本子了嗎，全都是我的。」他退後一步，一臉驕傲。海莉低頭去看。每個抽屜都放滿了大帳本。有個抽屜還放了個現金盒，同樣也上了鎖。

「哇塞。」她說，因為不知道還能說什麼。

「順便告訴你，『CPA』就是會計師。」小波得意的說，猛然把海莉拉回來，因為她伸手要去摸帳本。

「那裡面寫了什麼？」海莉問，懷疑裡頭一片空白。

「我們家的收支啊，不然呢？」小波有點火大。

「我討厭錢。」海莉說。

「你要是沒錢，就會變得很喜歡錢。」小波自負的說。海莉想了想。的確。她從來不用想錢的事。

「哇，小波，你喜歡做這些事嗎？那不就是一堆數學嗎？」

「這種數學不難，但重點不是這個。這樣一來，什麼東西在哪裡你都知道。我不太會解釋啦。你知道我的意思嗎？」

「是喔。」海莉有聽沒有懂。

「這樣說好了。要是我爸拿到一張支票，如果我不收好，隔天支票不見了，他只能無奈又絕望的走進房間，關上門。之後我們就只好餓肚子。」

「真假？」

「當然是真的。所以我會把支票收好，拿去兌現，然後慢慢計畫怎麼用這筆錢，這樣我們就不會餓肚子了。懂了嗎？」

「嗯。非常明智的作法。」

「如果一開始我不這麼做，很難想像我們會怎麼樣。」

「哇，小波，我從來不知道你有這一面。」

小波尷尬的踢著腳。兩人都有點不好意思，所以小波又走回廚房。海莉站在客廳裡，趁機從鑰匙孔偷看小波他爸的房間。除了丟在地上的一隻舊運動襪，她什麼也沒看見。小波走進客廳，海莉往後一跳，匆匆說：「我得繼續去完成我的偵察工作。明天見。」

「好，明天見。」小波幫她開門。

門關上之後，海莉站在原地想了一會兒才跑下階梯。走到外面之後，她坐在階梯上，在筆記本寫下：

小波家有髒衣服的味道，而且好吵，看起來有點窮。我家就沒有那種味道，也很安靜，跟龐太太家一樣。這表示我們很有錢嗎？是什麼讓人變窮或變有錢？

她在路上走了一會兒，腦中突然閃過一個念頭。

有錢人長大會變成作家嗎？還是作家都像小波他爸一樣窮？我爸老是說「苦哈哈的藝術家」或「餓肚子的作家」。也許我應該來減肥。

海莉走向德桑提家的雜貨店，這是她的固定偵察路線的第一站。雜貨店位在約克大道上，旁邊有一條小巷子，剛好給了海莉三個有利的觀察角度：一個是面對巷子的一扇窗戶，從那裡可以看見德桑提先生站的櫃檯後方。另一扇窗戶可以看到雜貨店最裡面，那是德桑提一家人吃午餐的地方。第三扇窗在後面，對著院子，從那裡可以看到整天在儲藏室工作的小喬科里。

她偷偷溜進巷子。第一扇窗沒什麼可看。她壓低身子，快速跑向第二扇窗。突然間，德桑提一家人出現在她眼前。她很快低下頭，免得被發現。幸好窗戶開了一小道縫，所以她聽得到裡面在說什麼。

德桑提太太說：「車禍！他把貨車開走，會被車撞死的！」

海莉知道她說的一定是法比歐。法比歐一直想開那輛貨車。她往窗子裡頭看。

法比歐靠在一個貨箱上，嘴裡叼著菸。他又高又瘦，神情憂鬱。聽到他母親的評語，他微微挪動身體，表情惱怒。

他母親發現了兒子的不滿，舉起雙手往頭上一甩，說：「我造了什麼孽，上帝要懲罰我來到這樣一個國家，生下一個你這樣的不孝子？」

「喔，媽媽。」說話的人是瑪麗亞•艾蓮娜。她整天都在照鏡子，說些言不及義的蠢話。她今年十七歲，長得很漂亮。

「少跟我媽媽來、媽媽去。看看人家布魯諾，早晚都在店裡工作，那才叫兒子。」德桑提太太連珠砲似的說了一大串話。

海莉往窗戶裡偷看。法蘭絲卡靠在牆上，好像有人把她擱在那裡一樣。她今年十四歲，是個很沒特色的人。迪諾今年六歲，正拿著一輛玩具車沿著書架跑來跑去。德桑提先生慢慢轉向法比歐。「兒子，」他用疲倦而有耐心的聲音說：「老爸為了你們拚了命的工作。剛來這裡的時候我一無所有，後來我弄到一輛手推車，才開始賣菜。你知道怎麼樣才會逼得一個人上街去賣菜嗎？」

法比歐皺起眉頭。他說話時，嘴裡的菸幾乎沒動。「爸，你現在有這家店了，還有貨車。我可以跟你借貨車嗎？」

「不好，不好！」德桑提先生放聲大吼。

法比歐跟父親站在那裡你瞪我、我瞪你的時候，屋裡一瞬間籠罩在詭異的沉默中。布魯諾踏著沉重的步伐走進來。他是個強壯又粗獷的男人，腦袋裡的想法也跟外表一樣粗獷。他慢慢把話說出口，好像那些念頭跋涉了很長的路才從他腦中跑到嘴邊。「就把車借給他吧，爸，讓他出去開心一下。他才十八歲，只是想出去玩一玩。」

「玩一玩？十八歲還玩？太老了。你玩過什麼，布魯諾？」

「我們兩個又不一樣。爸，你就讓他去吧。擋著他只會讓他變壞。」

「變壞？他早就變壞了。被退學以後整天遊手好閒、在家混吃混玩。還怪到我頭上？」

「喔，爸爸。」瑪麗亞‧艾蓮娜輕輕喘氣，靠向鏡子。

「轟轟，轟轟——」迪諾自言自語，把車子變成飛機。

雜貨店的門鈴響起，打斷了這場家庭紛爭。德桑提先生走向店裡。「有客人來了，」他壓低聲音說：「別說了，大家都回去工作。」

「爸——」雖然只有一個字，法比歐卻鼓起很大的勇氣才叫出口。

「貨車免談。」德桑提先生甚至連頭都不回，說出口的話像子彈一樣無情。

法比歐垂頭喪氣，深深吸了一口菸，但手都沒抬一下。瑪麗亞・艾蓮娜對著鏡子綁了個新髮型。德桑提太太腳步沉重的走到前面，跟上布魯諾的步伐。沒人轉頭去看法比歐。海莉蹲在窗戶底下，寫下她看到的一切。接著又寫：

那個法比歐或許很壞，但我不怪他。換成是我，我也不想跟布魯諾一樣。布魯諾看起來像一頭大笨熊。

以前我想當法蘭絲卡，住在那個家裡。但她有夠無聊的，如果我是她，我都會受不了我自己。我想，讓人變無聊的不是錢。人為什麼會變無聊？這件事我還有很多地方不懂。我得把它弄清楚才行，因為我可能也是這樣。

有兄弟姊妹是什麼感覺？家裡的人大吼大叫的時候，不一定是在吼你，這是一點。有時被吼的是你弟，那樣你就可以在旁邊偷笑。

「老到不該去玩」是什麼意思？我不可能老到不能當偵探，除非我五十歲了，可能會從逃生梯上摔下來，可是我還是可以常在地面上到處偵察。

海莉合上筆記本，偷偷溜到後面去看小喬科里。小喬科里是德桑提家的送貨員，他隨時都在忙一件事：吃東西。小喬科里那麼貪吃，德桑提家還賺得到錢也真是奇怪。

海莉探頭看。小喬科里現在應該在工作，可是卻坐在那裡吃著一大塊起司。他旁邊等著被他吞下肚的還有：兩條小黃瓜、三顆番茄、一條麵包、一個卡士達派、三大罐牛奶、一份跟手臂一樣長的肉丸三明治、一瓶醃菜和一瓶美乃滋、四顆蘋果，還有一大條義大利香腸。海莉看得眼睛都快凸出來，她在筆記本寫下：

看著他吃東西，我可以吃下一千份番茄三明治。

這時，海莉聽到巷子裡響起一陣窸窸窣窣的雜音。她不用看就知道是誰，因為她每天都差點被這群人逮到。四個瘦巴巴的小孩出現在雜貨店旁邊。他們躡手躡腳走向門口，小心翼翼敲門。四個都是窮小孩，身上穿著破破爛爛的衣服，臉上髒兮兮的，好像從沒洗過。最大的大概七歲，其他大概四、五歲。

小喬打開門。雙方一句話都沒說，他就把一顆番茄、一大罐牛奶、半塊起司、一整條麵包、半條義大利香腸、半個卡士達派和兩顆蘋果拿給他們。四個小孩把東西分一分，方便搬運，然後就匆匆跑走了，跟來的時候一樣安靜。

小喬繼續回去吃東西。海莉愈看愈覺得有趣。她輕輕一嘆，然後沿著窗戶躡手躡腳走，前往下一站。

那天晚餐前，海莉躺在浴缸裡泡澡，心裡很滿足。今天她完成了很多工作。嘉麗小姐說話的聲音傳來。她正在翻海莉的衣櫃，把需要洗的衣物拿出來。嘉麗小姐在吹口哨，雖然不成調，但旋律很活潑，海莉還滿喜歡的。小浴室牆上的黃色油漆看起來乾淨又清爽。泡在熱水裡，海莉覺得暖呼呼，有點愛睏。

突然間，樓下的前門砰一聲打開，海莉聽到了爸爸的聲音。

「混帳，見風轉舵的卑鄙小人，無恥，混帳！」他聽起來很生氣。海莉從他的聲音聽得出來他一路上樓衝進書房。「你絕對不會相信有這麼過分的事……你絕對不會相信那些混帳東西有多不知羞恥！」

接著，威爾許太太舒緩平靜的聲音響起。聽這聲音，她顯然把威爾許先生拉到椅子上坐下。「親愛的，發生了什麼事？我的天啊，怎麼回事？」

「唉，咿咿哦哦，他們真是最糟糕的咿咿哦哦。我實在不敢相信……」

「來，親愛的，喝點東西。」

海莉從浴缸裡站起來，努力想聽清楚他們在說什麼。

「你今天做了什麼，海莉？」

真煩哪。嘉麗小姐偏偏挑這個時間找她說話。海莉假裝沒聽見，繼續聽樓下的聲音。

「那個咿咿哦哦，是個不折不扣、可惡到極點的混帳東西，沒錯，我告訴你，他咿咿哦哦，我從沒看過像他這樣的咿咿哦哦。」

「你寫了很多筆記嗎？」海莉伸長了脖子，不管嘉麗小姐的問題。她難道就不能閉嘴一分鐘嗎？

「親愛的，太糟糕了，真是咿咿哦哦。」

「我不知道我要怎麼辦。他們真的會咿咿哦哦。我看，這一集會變成整季最爛的一集。

他們真的是咿咿哦哦，真的。」

「海莉・M・威爾許，你站在浴缸裡做什麼？」嘉麗小姐表情十分嚴厲。「馬上坐下，我幫你刷背。看看你的耳朵，你是怎樣？把墨水往耳朵裡倒嗎？」

「沒。常常會癢。」

「那不代表什麼，我是說樓下的聲音。」

「可是我還是想聽。」

「你爸的工作是高壓力工作，如此而已。」

「什麼是高壓力工作？」

「意思是說，他想做的事不一定能做，他能做的事又不一定有充裕的時間能完成。」

「喔。」海莉說，心裡想：那是什麼意思？「偵探也是高壓力的工作嗎？」

「是的，如果他們被抓的話。」

「我從沒被抓過。」

「還沒有。」

「嘉麗小姐，你有一天會離開嗎？」

「等你長大，不需要我了，我就會離開，但不是現在。不過，你已經滿大了。」嘉麗小姐用認真的眼神打量海莉。

沉默片刻。然後海莉說：「嘉麗小姐，你有男朋友嗎？」

「有。」嘉麗小姐說完就別開眼神。

「有！」海莉差點昏倒在浴缸裡。

「對。」嘉麗小姐高傲的說：「現在該上床睡覺了。」

海莉頓了一下才問：「家裡養很多貓，是不是很不衛生？」

嘉麗小姐有點驚訝。「我一直覺得貓滿乾淨的，可是如果很多隻的話……有多少隻？」

「大概有二十五隻吧，我也不確定，牠們常走來走去。」

「二十五隻？毛巾給你……你認識誰養了二十五隻貓？」

「某個人。」海莉喜歡保持神祕。

「誰？」

「就某個人。」海莉自顧自微笑。

嘉麗小姐知道這時最好別再多問。她總是說，隱私非常重要，尤其對偵探來說。

當海莉吃完晚餐，匆匆被趕上床之後，她開始想著海瑞森・魏斯和他養的那些貓。海瑞森・魏斯住在八十二街的一棟破舊公寓裡。他有兩間房間，一間自己住，一間給貓住。他的房間有一張床、一把椅子、一張他用來製作鳥籠的工作桌，還有一整面牆的櫃子，裡頭放的都是做鳥籠用的工具。另一個房間裡除了貓還是貓。廚房裡有一個玻璃杯、一個咖啡杯，還有二十六個高高堆起的盤子。

海莉的腦中突然閃過一個念頭：不知道他是不是跟那些貓吃同樣的食物？明天她一定要去查清楚。她可以跟蹤他到超市，這樣就知道答案了。海莉心滿意足的睡著了。睡著之前，她還在想，嘉麗小姐的男朋友會是誰？

4 珍妮的實驗室

隔天下午，吃完蛋糕、喝完牛奶之後，海莉直接跑去龐太太家。雖然知道很危險，但好奇心一旦被挑起，她就絕對不可能放棄偵察目標。

到了龐太太家，她看見小喬科里正在跟龐家的女傭說話。海莉偷偷繞到前門，拿出口袋裡的球。為了應付這種狀況，她都會隨身攜帶一個球。她假裝沒事一樣，在他們兩個人面前開始丟球。

小喬靠在門上。沒在吃東西的時候，他總是看起來很累。女傭的口氣聽起來很差。「我沒有零錢。她出門之前半毛錢也沒給我。」

「那……她什麼時候會回來？我可以再過來收。」

「天知道。她去美容中心，有時候一去就是一整天。她該美容的地方可多了，不是嗎？」女傭邪惡的呵呵笑。

「唉，錢那麼多又不付錢。這些人都一樣——愈有錢就愈小氣。」說完，小喬就無精打采的走回去吃他的下午點心了。

小喬走過去的時候，海莉裝作漠不關心的樣子。女傭走進門。海莉靠在消防栓上，寫下：

不知道美容中心一整天都在幫龐太太做什麼。有次我看見我媽在敷泥漿面膜。他們休想在我臉上敷那個東西。

她合上筆記本，走去德桑提家。今天雜貨店忙得要命，每個人都跑來跑去，連平常都軟趴趴靠在某個地方的法蘭絲卡也不例外。小喬還沒回到店裡呢。海莉心想，看來今天的偵察工作泡湯了。

她把龐太太和德桑提家從單子上劃掉，然後前往下一個目標：羅賓森夫婦家。

羅賓森夫婦住在八十八街上的雙併屋。他們獨處的時候，從不跟對方說話。海莉喜歡看他們有客人上門的時候，看他們跟朋友炫耀自己家實在很好笑。那是因為羅賓森夫婦有一個毛病：他們認為自己是「完美家庭」。

幸好他們的客廳就在一樓。海莉迅速從後面的走道溜進院子，以一個放園藝工具的箱子做掩護，這樣就可以偷看到裡面又不會被逮到。

羅賓森夫婦坐在椅子上發呆，就跟平常一樣。這對夫妻從來不工作，更糟糕的是，他們從來不讀任何東西。他們喜歡買東西，把東西帶回家擺設，然後再請朋友來家裡欣賞。除此之外，他們似乎沒做什麼事。

門鈴響起。

「啊。」羅賓森太太說：「他們來了。」

她平靜的站起來，慢慢走過去，雖然她一直坐在那裡等人按門鈴。她挑剔的看著羅賓森先生拉一拉吸菸外套①，然後就走向門口。

「請進，傑克、瑪莎，好久不見，真高興看到你們。你們會在城裡待多久？」

「喔，我們……」

「瑪莎，往前走之前，先欣賞一下我剛請人來貼的高級地磚。你不覺得很完美嗎？」

「是啊，真是……」

「還有角落的那個五斗櫃，不覺得我挖到寶了嗎？」

「喔，那實在……」

羅賓森先生站起來：「嗨，傑克。」

「嗨，老兄，好久不……」

「傑克，我帶你去看我收藏的槍，我新買了兩把，你還沒看過。跟我來……」兩人消失在海莉的視線之外。

「瑪莎，過來這邊，你一定要看看……喔，這裡，把你的外套和包包放在這個完美的架子上。這是十八世紀的古董置物架，不覺得它美極了嗎？」

「喔，是啊，真……」

「來這邊。你說，這是不是你看過最美的花園？」

「喔，哇，真是……」

「瑪莎，你知道，我們過著完美無比的生活……」

①譯註：以前男士吸菸時穿的外套，多為天鵝絨材質，可吸收菸味。

「你們沒有小孩吧，葛瑞絲？」

「沒有，但坦白說，我們認為這樣很完美……」

所有人往花園這邊看的時候，海莉趕緊低下頭。此刻她笑得跌在地上，笑完之後她才拿出筆記本。

天啊，嘉麗小姐跟我說過，有些人覺得自己十全十美，她應該來看看這兩個人才對。如果他們有小孩，那個小孩一定會整天在心裡偷笑，所以他們沒有小孩也好。再說，小孩說不定不夠完美，那樣的話，他們可能會殺了小孩。我很慶幸自己不完美，要不然我會無聊到死。況且，如果他們完美成那樣，為什麼整天只是坐在那裡發呆？他們有可能瘋了，而自己卻不知道。

海莉往海瑞森．魏斯的家走去。她想看看他做的鳥籠，不過她更想要看他當場被逮。衛生局的人一直想取締他，因為他養了太多隻貓。可是海瑞森．魏斯也不是省油的燈。每次門鈴響起，他都會先看看窗外。如果按門鈴的人戴著帽子，他絕不開門。衛生局的人都戴帽子，但海瑞森．魏斯認識的人裡面，沒有一個戴帽子。

海莉爬上樓梯到他住的公寓頂樓，最後一段樓梯通到屋頂。她可以從一扇油漆剝落的天窗看進去，屋裡的人絕對不會發現她。

她往下看。這時她才想起來，昨天原本計畫要跟蹤他去超市，看看他是不是跟那些貓一樣平常都吃腰子。

貓咪到處兜來兜去。海莉換去另一扇天窗。另一間房間雖然灑滿陽光，但這裡的工具和鳥籠上方亮晶晶的小尖塔會反射陽光、閃閃發亮。海莉很喜歡看這個房間。那些高大的鳥籠很漂亮，而且海瑞森・魏斯在這個房間的時候都很開心。

海莉喜歡看他工作，也很佩服他可以趴在桌上一連好幾個鐘頭，把纖細的鐵絲轉來轉去，固定在小得不可思議的骨架上。

哇，超幸運的！海瑞森・魏斯正好提著一個大購物袋走進來，這樣海莉就能看到他平常都吃什麼了。貓咪全都跟著他走進廚房，他開始把袋子裡的東西拿出來。他從袋子裡拿出一塊又一塊腰子時，貓咪開始喵嗚喵嗚叫，磨蹭他的腿。

「好了，孩子們。」他溫柔的對貓咪說。他說話一向都輕聲細語。「好啦。我們大家都來吃飯吧。哈囉，大家……嗯，好，哈囉，哈囉。大衛，哈囉；拉斯普丁，好；哥德、艾利克斯、珊德拉、湯瑪斯・沃爾夫、派特、普克、福克納、卡珊卓、葛洛莉亞、賽絲、柯法斯、瑪麗珍、威利・梅斯、法蘭西絲、柯克西卡、多娜、弗瑞德、史旺、米奇・曼托、賽巴斯丁、伊芳、耶路撒冷、杜斯妥也夫斯基，還有巴那比，哈囉，哈囉，哈囉。」

海莉這次數了一遍，總共是二十六隻。那就表示那二十六個盤子都是給貓咪用的。那他自己用什麼餐具吃飯？海莉看著他從袋子的最底下拿出一小盒優格。貓不吃優格，海莉想。那麼那一定就是海瑞森・魏斯吃的東西囉。

她看著他餵貓，然後挖了一口優格送進自己嘴裡。接著他拿起優格走進工作室，順便關上門，因為貓不許進工作室。他在工作台前坐下來，面對著一個特別漂亮的鳥籠，那是維多利亞式避暑別墅的袖珍複製品。

當他坐下來端詳鳥籠時，整個房間安靜下來。他的手像在夢遊般移動，把優格放在一旁。他用深情的眼神看著鳥籠，盯著一個還沒完成的小地方，看得出神。接著，他把一個不到一公分長的小零件慢慢移到左邊，然後往後一靠，盯著它看了很久，最後又把它移回原位。

海莉在筆記本上寫：

他很愛做這樣的事。嘉麗小姐說的就是這個嗎？她說，熱愛工作的人也會熱愛生活。有人討厭生活嗎？總之，我不排斥過海瑞森•魏斯這樣的生活，因為他看起來很快樂。只不過我不會喜歡所有那些貓。狗我說不定還可以接受。

她又看了海瑞森•魏斯最後一眼。他正輕輕把一根鐵絲纏繞在兩根彎曲的小木頭上。海莉從屋頂爬下來，回到街上。到了房子前面，她停下來寫：

還有那個優格。想像整天都吃那種東西。偶爾來一份美味的番茄三明治，是什麼也比不上的享受。

她決定先去找珍妮，再繼續前往其他偵察地點。珍妮住的雙層別墅是一棟改建過的紅磚屋，位在東大道和八十四街的交叉口附近。海莉按了門鈴，聽到嗶一聲就推門進去。珍妮站在門邊，心情很糟。海莉看著她就感覺得到。珍妮每次心情惡劣到極點的時候，看起來都特別高興。海莉後來發現也難怪這樣，因為珍妮平常臉很臭。今天她笑得很開心，還愉快的嚷嚷：「哈囉，海莉・威爾許。」看來她的心情真的糟透了。

海莉戰戰兢兢走向她，就像走向一隻瘋狗。她想看清楚珍妮的眼神，但珍妮一溜煙走進門，海莉只好跟上去。

「怎麼了？」海莉小聲問。兩人站在客廳旁邊的小走廊上。

「他們纏著我不放。」珍妮小聲說，還是笑得很誇張。

「誰？」

「那群老鼠。」珍妮一向把媽媽、爸爸、弟弟，還有跟他們住在一起的奶奶，統稱為「那群老鼠」。

「為什麼？」

「我媽說我會把這個家炸掉，還逼我去上舞蹈課。過來這裡，那樣他們就看不到我們了。」珍妮咬牙切齒的說，臉上掛著要命的笑容。她帶著海莉從後面的樓梯上樓，到她稱之為「實驗室」的地方，其實就是她的房間。

房間的一個角落光禿禿。地毯捲了起來，露出被珍妮剪掉的一角。當初珍妮是嫌地毯擋路才剪掉，後來她媽媽發了好大一頓脾氣才制止她。那一次她們吵得很凶，珍妮從頭到尾都咧著嘴笑。她媽媽清楚聲明，她才不管一般實驗室裡有沒有地毯（珍妮回說「地毯會著火」，她媽聽了之後火氣再次上升），珍妮的房間本來就有地毯，以後地毯也會留在原地，她最多只能把地毯捲起來。所以囉，現在地毯才會捲起來收在房間的角落。

實驗室本身看起來很複雜，每次海莉來到這裡都覺得很害怕，但她從沒對珍妮說過實話。裡頭有一排又一排架子，上面擺滿瓶瓶罐罐，裡頭裝了可疑的液體，看起來很像那種喝下去就會把你變成「變身怪醫」②的東西。知道這些東西是什麼的人，只有珍妮一個，但她不屑解釋給別人聽，反而會罵問她的人白痴。女傭不會進來這個房間，所以珍妮很多年前就不得不學會自己打掃。

海莉站在房間裡看著所有器材，珍妮跑去看一個放在本生燈上噗噗沸騰的東西。她摸摸這摸摸那，把火轉小，然後轉回去看海莉。「這次他們說不定會得逞。」她若有所思的說，走過去一屁股坐在床上。

「你是說……」

「對。他們可能會把東西都拿走。」

「喔，不會的。」

「當然會。以前不也有人被誤解，被當作神經病。」珍妮說話的口氣，還有笑容從她臉上消失、兩眼直視海莉的樣子，都讓海莉頭皮發麻。

「你要怎麼做？」

「當然是離家出走啊。」海莉心想，珍妮這個人的一個特點就是，她做什麼事都可以毫不猶豫，說做就做。

「你剛說的舞蹈課又是怎麼回事？」

「等著瞧吧，我告訴你，你也逃不過他們的魔掌。我聽我媽跟你媽聊過。誰聽過巴斯德③去上舞蹈課？或者居禮夫人，或是愛因斯坦？」珍妮氣呼呼說出這些名字。

②譯註：蘇格蘭作家羅勃•史蒂文生的小說，書中的主角平常是受人敬重的醫生，喝了神奇藥水卻成為邪惡的化身。
③譯註：巴斯德（Louis Pasteur, 1822-95），微生物學之父，發明預防接種的方法。

海莉也想不出上過舞蹈課的偵探。情況很不妙。「不管他們知不知道，我都不去。」海莉堅決的說。

「他們永遠別想逮到我。」珍妮大聲說，然後又換上另一種口氣說：「海莉，我得先完成這個實驗。」

「沒關係。我要寫一下筆記，你去忙吧。」珍妮很快跳起來，走向她的實驗台。「這個如果不現在弄，就會很快凝結。」

「你在做什麼？」

沒回答。每次問珍妮這個問題，都得不到答案，但為了禮貌，海莉偶爾還是會問。總之是爆破物，至少這點非常確定。海莉坐下來觀察一下四周。她看見珍妮弓著背，專心忙著實驗。陽光從窗戶灑進來，接近傍晚的陽光看起來既憂傷又美好，讓她突然想起去年的新年。那天沒發生什麼重要的事，只是她剛好也這樣看著太陽。她坐在床上往後靠。要是每天都能待在這裡或類似的地方，感覺挺不錯的。

等我長大以後，或許我可以有一間辦公室。門上貼著**海莉偵探社**幾個金字。還可以寫上營業時間，就像牙醫診所門上的看診時間一樣。底下還可以寫上：**承接各類偵探工作**。我不會把價錢貼在門上，這樣客人就會走進門，問我怎麼收費。我可以每天十一點到四點待在那裡，寫我的筆記本。客人會自己上門來，告訴我要去找誰、監視誰，下班之後我就可以外出偵察。不知道我會不會接到凶殺案。我得有把槍才行，還得去跟蹤別人。可是我敢打賭那一定是晚上，問題是晚上我又不能出門。

「嘿，珍妮，如果你要割開一個人的喉嚨，你會在三更半夜下手，對吧？」

「我會毒死他們。」珍妮連頭都沒轉過來。

這我一點也不懷疑，海莉心想。「可是珍妮，他們可以追查到毒藥。」

「我的不會。」

「你做了新的？」

「對。」

海莉回頭繼續寫筆記。

這樣看來，那些化學藥品說不定真的有它厲害的地方。我可以毒死品基，而且不會有人知道是我下的手。他們一定需要一些新的毒藥。可是嘉麗小姐說，華盛頓已經有人只要用一根小管子，再加上一匙不知什麼東西，就可以炸掉全世界，甚至全宇宙。之後會怎麼樣？或許我們會飛越太空。在太空中只能漂浮。我一定會很寂寞。

「天啊，我快發瘋了。」珍妮從實驗台前衝出來，雙手抱胸坐在床上。

「怎麼了？」海莉抬起頭。

「我搞砸了。」珍妮說：「如果弄對的話，應該會發出很可怕的聲音。」

「那你媽會怎樣？」

「笨，就是要用那個聲音嚇他們。他們要是以為我會去上舞蹈課，那就大錯特錯了。」

「你為什麼不炸掉舞蹈教室？」海莉認真的問。

「拜託，他們會再去找另一間舞蹈教室。我太清楚了。他們的腦袋一旦出現這個念頭，你就別想擺脫他們。唯一脫困的方式就是徹徹底底拒絕。我媽討厭花錢，這是重點，所以如果她能把我不想去學跳舞這件事當成笑話來講，那我就得救了，因為她可以省錢。」

海莉懂她的意思。吉伯斯太太什麼事都喜歡拿來說笑，偏偏又不好笑。威爾許太太每次說起珍妮她媽，總會說「那個廣播電台瑪波・吉伯斯」。海莉心想，真受不了那種自以為好笑、其實根本不好笑的人。

「所以了，如果她可以讓她的朋友知道，我是個怎麼樣都說不動的怪胎，那麼我不去學跳舞就不是她的錯。」珍妮繼續說：「至於我，我才不在乎有沒有學跳舞。跟你說，我有一張牛頓學跳妞妞舞的大照片。」

珍妮的意志就是那麼堅定。這是她的特色，讓海莉很佩服。

有人敲門。「煩耶。」珍妮爬下床去開門。

是珍妮她媽。走進房間時，她發出招牌的誇張笑聲。「哦哦，咱們的卡里加里博士④還好嗎？」她中氣十足的問，然後又發出刺耳的笑聲。

海莉心想，她自己笑一笑也好，因為其他人都笑不出來。珍妮面無表情的看著她媽，海莉也是。

「這就是我女兒，總是那麼討人喜歡。」吉伯斯太太邊說邊往珍妮的背上一拍，但力道

④譯註：一九二〇年代的德國驚悚默片。片中的卡里加里博士利用催眠術驅使人犯下殺人案。

很猛，差點害珍妮跌倒。重新站穩之後，珍妮瞪著她看，一抹嚇人的笑容漸漸掠過她的臉。

「耶耶，那是我的寶貝；哦哦，千真萬確是我的寶貝。」吉伯斯太太開心的唱了起來，海莉和珍妮盯著地板，窘得不知如何是好。後來，吉伯斯太太終於發現自己沒有觀眾，只好停下來。

「海莉，」她大聲說：「好久不見啦！暑假過得開心嗎？」吉伯斯太太永遠不會等小孩回答，認定他們害羞到不知道怎麼回答（在她周圍的小孩確實都這樣），但她的聲音卻轟隆轟逼近。「前幾天我跟你媽聊過。珍妮跟你說過舞蹈課的事了嗎？你媽媽舉雙手贊成，我也是。女孩子需要養成優美的體態，你們很快就變小姐了，可不會想在舞池裡出糗，沒什麼比當壁花更窘的了。你媽很擔心你的動作，海莉。」她突然把焦點轉移到海莉身上，讓海莉猛然回過神。

「很快啊。」海莉說：「我動作很快，那有什麼不對嗎？」

吉伯斯太太目不轉睛盯著她看。珍妮走回實驗台。因為不知道該拿海莉的回答如何是好，吉伯斯太太決定像往常一樣大笑帶過。她哇哈哈大笑一陣。海莉看見珍妮有一瞬間難為情的縮著身體，拱起肩膀。

「哇，你真是個寶。我要把這件事告訴珍妮她爸。你啊，跟珍妮一樣壞。」她又哇哈哈笑了一大串。「好了，再說吧。我認為你們女生還有得學呢。你們應該認清自己是女孩子。我們或許會聚在一起，我是說我們這些媽媽，然後灌輸你們一點正確的觀念，轟炸你們的腦袋……」她的手握住門把。「化身博士，我可不是指你那種**轟炸**喔。」她開始開門。就在那一刻，有個可怕的聲音轟的作響。實驗台上的某個東西直直往上衝，吉伯斯太太像子彈一樣奪門而出。

珍妮轉過頭，她跟海莉都看著門外，只聽見吉伯斯太太邊飛奔下樓邊大喊：「哈利‧吉伯斯，她真的做了！哈利，快來！那個瘋子會殺了我們全家！哈利‧吉伯斯，她把房子給炸了！」不同人的尖叫聲和劈劈啪啪的腳步聲此起彼落。

珍妮她爸跑出來，慌張的問：「什麼！什麼？發生了什麼事？」他們聽著樓下走廊傳來交頭接耳的討論聲。

之後，整間屋子籠罩在不祥的寂靜中，大家應該已經發現房子還沒倒。接著，吉伯斯先生的聲音響起：「我去跟她談。」爬樓梯的聲音傳來。

海莉可不想看小頭小臉的吉伯斯先生滿頭大汗教訓女兒的樣子。她在這裡，只會讓他更難堪。

「我想我從後樓梯下去好了。」海莉輕聲說，走向門口。

「也好。」珍妮疲倦的說。

「不要放棄。」海莉走出去時輕聲說。

「絕對不會。」珍妮輕聲回答。

5 嘉麗小姐去約會

那天吃晚餐的時候，一開始跟平常沒兩樣。威爾許先生和太太天南地北閒聊，海莉像在看網球比賽，看著他們你一句、我一句說個不停。突然間，她從椅子上跳起來，像是突然想到什麼事，然後尖聲大叫：「我寧可下地獄也不要去上舞蹈課！」

「海莉！」威爾許太太一臉錯愕。「你竟敢在餐桌上說這麼沒禮貌的話。」

「別的地方也不好吧。」威爾許先生平靜的插上一句。

「好吧——我寧可被出賣也不要去上舞蹈課。」海莉又站起來大吼大叫。她在鬧脾氣。通常鬧脾氣是她逼不得已才會採取的最後手段，所以即使在鬧脾氣，她心裡都有一點已經輸掉了的感覺。可是，她可不要別人說她連試都沒試就認輸。

「你到底從哪裡學會這樣說話？」威爾許太太挑起眉毛，快碰到髮際線了。

「至少不是髒話。」威爾許先生說。兩人坐在那裡看著海莉的眼神，好像她是電視上娛樂觀眾的珍禽異獸。

「我不要！我不要！我不要！」海莉放聲大吼。他們的反應不該是這樣，一定有什麼地方錯了。

「你會去的。」威爾許太太平靜的說：「其實沒那麼糟。你甚至不知道舞蹈教室是什麼樣子。」

「我討厭舞蹈課。」威爾許先生說，然後繼續吃晚餐。

「誰說我不知道。」海莉不想站著大吼大叫，她想坐下來，但這樣就弱掉了，這樣看起來就像認輸了。「我跟貝絲去過一次，因為我晚上沒事做，就跟她一起去看一看。那裡的女生得穿舞會穿的裙子，男生全都是矮冬瓜。站在那裡你會覺得自己像**河馬**。」她一口氣說完，然後大叫：「河馬！」

威爾許先生笑了出來。「很精準的形容，我必須承認。」

「親愛的，那些男生會長高的。」

「我就是不要。」雖然嘴上這麼說，但不知道為什麼，海莉卻覺得自己愈來愈沒勝算。

「沒那麼糟糕。」威爾許太太繼續吃晚餐。

她忍無可忍。重點根本還沒出來。他們兩個人應該受到震撼，不再那麼自以為是才對。海莉深呼吸，然後使出最大的力氣再次大吼：「我寧可下地獄也不去！」

「好了，我受夠了。」威爾許太太站起來。她火了。「小姐，我要你用肥皂把自己的嘴巴洗乾淨。嘉麗小姐、嘉麗小姐，請你來一下。」沒回答。威爾許太太搖了搖銀色的小開飯鐘，不一會兒廚子就走進來。

海莉嚇壞了。用肥皂洗嘴巴！

「請你叫嘉麗小姐來一下好嗎？」廚子走出去，威爾許太太站在原地看著海莉，好像她是一條蟲。「現在回你房間。嘉麗小姐馬上就上去。」

「可是……」

「回你房間。」威爾許太太指著門，語氣堅決。

海莉走出飯廳，覺得自己像白痴一樣。有一瞬間，她心想要不要再等一下，聽聽裡頭的動靜，但最後覺得這樣太冒險。

她走回房間等。幾分鐘後，嘉麗小姐走進來。

「舞蹈課是怎麼回事？」她語氣和善的問。

「我才不去呢。」海莉洩氣的說。對嘉麗小姐大吼大叫讓她覺得很可笑。也許是因為嘉麗小姐給她的感覺，跟爸媽給她的感覺完全不同。爸媽從不好好聽她說話。

「為什麼？」嘉麗小姐明理的問。

海莉想了想。其他理由都是假的，但想到要去上舞蹈課就讓她覺得很沒尊嚴。後來她想到了。「偵探才不會去上舞蹈課。」她得意的說。

「誰說不會？」嘉麗小姐說。

「就是不會。」海莉粗魯的說。

「海莉，」嘉麗小姐深吸一口氣，然後坐下來。「你有沒有想過，一個出色的偵探是怎麼訓練成的？」

「我知道啊。偵探要學很多語言，還有怎麼打游擊戰，還要知道各國的風土民情。萬一被逮到，就算有人問他們往年的橄欖球賽比數之類的問題，他們也答得出來。」

「那是男偵探，海莉。你沒認真想。」

沒有什麼事比聽到嘉麗小姐說她沒認真想更讓海莉不開心。那比用肥皂洗嘴巴更糟糕。

「什麼意思？」她低聲問。

「那女偵探呢？她們都學些什麼？」

「就一樣的東西啊。」

「除此之外還有別的。你還記得嗎？有天晚上我們在電視上看到一部講瑪塔・哈里①的影片。」

「嗯……」

「你想想看，她在哪裡出任務？不是在叢林裡打游擊戰吧？她混進了舞會裡，對吧？還記得她跟將軍還是什麼的在一起的那一幕嗎？他們在跳舞，對吧？如果你不會跳舞，要怎麼當偵探？」

海莉靜靜坐在那裡，心想這個問題一定有個答案，但她想不到要說什麼，只是大聲發出「嗯……」的聲音。接著她想到一件事：「那我一定得穿那些笨舞衣嗎？難道不能穿我的偵探服就好？穿那樣學跳舞不是比較方便？我們在學校學跳舞也穿運動服啊。」

「當然不行。你能想像瑪塔・哈里穿運動服嗎？第一，如果你穿偵探服，大家都會知道你是偵探，那對你有什麼好處？那可不行，你要看起來跟其他人一樣，這樣才能混進人群，也不會有人懷疑你。」

「是沒錯……」海莉可憐兮兮的說。她也無法想像瑪塔・哈里穿運動服的樣子。

「好了。」嘉麗小姐站起來。「現在呢，你應該下樓，跟爸媽說你改變主意了。」

①譯註：瑪塔・哈里（Mata Hari, 1876-1917），一次世界大戰期間著名的雙面女間諜。

「我要說什麼？」海莉覺得難為情。

「就說你改變主意了。」

海莉毅然決然站起來，下樓走進飯廳。爸媽正在喝咖啡。她站在門口，大聲說：「我改變主意了！」威爾許夫婦驚訝的看著她。她轉過身，立刻跑掉，沒什麼好說的了。爬樓梯上樓時，她聽見爸媽噗哧大笑。爸爸說：「天啊，那個嘉麗小姐真厲害，太神奇了。真不知道沒有她，我們會怎麼樣？」

海莉不知道怎麼跟珍妮坦承她變節的事，但她決定還是得說出來。吃午餐的時候，小波和珍妮坐在一起看剛出爐的新一期《格雷戈里報》，邊看邊笑。《格雷戈里報》是學校的校刊，裡頭有一頁保留給中年級各班，一頁保留給高年級各班。低年級太呆，所以用不著幫他們留一頁。

「你看這篇，笑死人了。」珍妮說的是瑪麗安寫的評論，內容講的是校園遍地都是糖果紙的事。

「她是因為安潔拉小姐開學時說過才寫這篇吧。」海莉不屑的說。

「不然呢？她腦袋裝糨糊，根本想不到有創意的題材。」小波咬了一口水煮蛋。小波總是自己準備午餐，而且通常都是水煮蛋。

「可是這篇也太笨太無聊了吧。」海莉說：「聽聽這一段：**我們不應該隨地亂丟糖果紙，應該把糖果紙丟進垃圾桶才對**。這根本不是『新聞』，是每天都快聽爛了的話。」

「我要把她丟進垃圾桶。」珍妮心滿意足的說。

「我爸說，文章要一開始就抓住讀者的目光，之後也不能放掉。」小波說。

「那她一開始就失敗了。」海莉說。

「海莉，應該由你來寫才對。你是個作家。」小波說。

「他們現在就算付錢叫我寫，我也不要。那麼蠢的報紙，他們就自己留著吧。」海莉皺著眉頭把三明治吃完。

「應該把他們都炸掉。」珍妮說。

有一瞬間，三個人都靜靜吃著午餐。

「珍妮……」海莉遲疑了很久，其他兩人都抬頭看她。「我想他們整到我了。」她悲傷的說。

「怎麼了？你的三明治被下毒了嗎？」珍妮站起來。水煮蛋從小波的嘴裡掉出來。

「不是啦。」海莉趕緊說。這還真是反高潮。「我是指舞蹈課。」海莉苦著臉說。

珍妮坐下來，別開眼神，好像海莉說了什麼沒禮貌的話。

「舞蹈課？」小波拉高聲音說，撿起掉在腿上的雞蛋。

「對。」珍妮也苦著臉。

「哦，天啊，我真慶幸我爸從沒聽過那種東西。」小波咧嘴說，嘴裡含著雞蛋。

「呃……」海莉難過的說：「看來我如果要當偵探，就一定得去上舞蹈課。」

「誰聽過跳舞的偵探？」珍妮很氣，看都不看海莉一眼。

「瑪塔•哈里。」海莉有氣無力的說，但珍妮還是不肯轉頭看她，所以她又大聲補上一句：「我也沒辦法啊，珍妮。」

珍妮轉過頭看著她。「我知道，」她難過的說：「我也得去。」那樣就沒事了。海莉開開心心吃掉另一份番茄三明治。

放學後，海莉回家吃蛋糕配牛奶。她突然想起今天是禮拜四，禮拜四晚上是嘉麗小姐的外出時間。當她跑下樓到廚房時，有個好玩的念頭閃過她的腦海，讓她興奮得停在樓梯中間。

如果嘉麗小姐有男朋友，今天晚上又是她的外出時間，她會不會去見男朋友？而且……如果她去見男朋友，海莉是不是可以跟蹤她，看看那個男的長什麼樣子？

這個點子太棒了！她認為自己得用非常巧妙的方法，很小心很小心的查出嘉麗小姐要在什麼時間、什麼地點、跟什麼人共度這個自由自在的夜晚。嘉麗小姐要是去威爾許夫婦去的地方，比方夜總會，那麼海莉就沒辦法跟蹤她了。完全不可能，得等她長大，變成瑪塔•哈里才有可能。

可是，如果那個男的來家裡接嘉麗小姐，那麼海莉至少可以看見他長什麼樣子。她乒乒乓乓下樓走進廚房時，心裡決定就這麼辦。嘉麗小姐正在廚房裡喝茶。海莉一滑進桌前的座位，廚子就拿出她的蛋糕和牛奶。

「呦？」嘉麗小姐親切的說。

「呦。」海莉說。她開始用全新的眼光看嘉麗小姐。嘉麗小姐有男朋友是什麼樣子？她喜歡他，就跟海莉喜歡小波一樣嗎？

「唉，要是不下雨，就會有很長的乾旱期。」嘉麗小姐輕聲說，然後對著茶微笑。

海莉好奇的看著她。嘉麗小姐特別的地方就在這裡，海莉想。她從來、從來不會問「今天學校如何？」或「算術考得怎麼樣？」或「要出去玩嗎？」這類笨問題。這些都是無法回答的問題，她懷疑嘉麗小姐是唯一懂得這個道理的大人。

「你今天晚上要去哪裡？」海莉劈頭就問。她想不出有什麼巧妙的方法可以套嘉麗小姐的話而不被她識破。有時候「開門見山」是最好的方法。

「雖然呢，」嘉麗小姐說：「這不關你的事，但我可以告訴你。我傍晚五點出門，等我回到家的時候，你已經睡得又香又甜了。」

那可不一定，海莉暗想。「我爸媽也要出門嗎？」她問。

「沒錯，你得跟我作伴了。」廚子臉色難看的說。

海莉討厭這樣。廚子晚上除了讀報，就是睡覺，其他事都不想做。海莉討厭家裡那麼安靜。她討厭當最後一扇門關上，最後一個聲音開心的說完「準時上床睡覺，當個乖女孩」之後，團團包圍住她的空蕩蕩感覺。要是嘉麗小姐在家，她就不介意大家都出門，因為她們倆會一邊看電視一邊下西洋跳棋。

「外面的天氣怎麼樣？」嘉麗小姐突然問。

「挺好的。」廚子說。

嗯……海莉猜想，她說不定跟那個男的約在外面某個地方。海莉從椅子上站起來。

「那麼，」嘉麗小姐說：「我們應該明天才會見面了。」

「為什麼？」海莉問。

「你不是要出門嗎？」

「沒有啊。」

「沒有？」嘉麗小姐的口氣相當驚訝。

「對啊。」海莉有點得意。「我只是要回房間。」

「哦，那我出門之前還會看到你。我大概五點出門。」嘉麗小姐又給自己倒了一杯茶。

海莉走出廚房。五點是吧？也許五點的時候，她應該跑去躲在某個可以清楚看到她家前門的地方。這件事太好玩了。回到房間，她在筆記本上寫：

一般人傍晚五點會去哪裡？她已經喝過茶了，所以不會去喝茶。看電影？嘉麗小姐不太喜歡看電影，她說那會毒害人的心智。馬戲團在市區。如果我要跟人碰面，我會想辦法要他們帶我去看馬戲團。我超愛看畸形人。如果我跑到對街的公園，躲在一棵樹後面，就可以清楚看到正門了。

四點四十五分，海莉悄悄從嘉麗小姐的房間走過去。她聽得到嘉麗小姐邊換衣服邊吹口哨的聲音。她一定心情很好才會吹口哨，海莉想。

她找到一棵適合的樹，在那裡等了又等，每兩分鐘就看一次錶。有個警察走過去，兩眼盯著她瞧。她故作輕鬆，一副只是剛好靠在樹上休息，他看什麼看的模樣。好多輛計程車經過。她看見一個女人把車停好。接著，有個送貨員騎著那種車頭置物箱大到可以坐人的腳踏車，把車停在她家前面。她探頭看是不是小喬科里，但那人的年紀比小喬大很多，而且留著黑色的小八字鬍。他走向她家前門。海莉突然一震——這個人會是嘉麗小姐的男朋友嗎？她看著他按下門鈴。一定是了。威爾許太太一向都跟德桑提家訂貨，但這個人的外套上印的店名是另一家店。門打開，嘉麗小姐走出來。**就是他！**他就是那個男朋友。他跟嘉麗小姐站在門階上彼此微笑、聊天時，海莉才從頭到腳把他看了一遍。

他滿胖的，不過稱得上結實，算是不討人厭的胖法。他的頭整個好圓，牙齒配上整齊的小鬍子顯得非常白，皮膚偏黑，五官給人一種討喜、圓潤又開朗的感覺。他的上半身理所當然穿著送貨員的外套，但下半身是一件好看的灰色法蘭絨長褲，一雙咖啡色皮鞋亮到讓人無法直視。

他挽著嘉麗小姐的手，兩人愉快的一起走下階梯，一路上有說有笑，眼神一刻都沒離開對方身上。

從門階上走下來之後，那個男的似乎在為什麼事道歉。他尷尬的笑了笑，然後俐落無比的脫下送貨員夾克，從置物箱拿出一件灰色法蘭絨外套穿上。他繫著一條湛藍色的領帶，看在海莉眼裡整體還算不錯。他跟嘉麗小姐笑咪咪看著對方，然後一起走向公園，把腳踏車留在海莉家前面。

海莉蹲低，免得被看見。她從樹叢裡看見他們走進公園。看來他們要去河邊散步。他們選擇了一條靠近海莉的小徑，所以她等他們超前一點點再跑上去，沿路跟蹤他們。她發現，只要他們一直走那條小徑，她就可以在旁邊跟著跑，完全隱身在茂密的樹葉後面。最神奇的是，她還能聽到他們說的每句話。

「華頓先生，你有沒有發現……」嘉麗小姐的口氣正經得不得了，而且每個字都字正腔圓。「你有沒有發現，這座公園的草地非常乾淨？」

「是的，嘉麗小姐，這座公園整理得很好，比華盛頓廣場好多了。華盛頓廣場很糟糕，好多小動物躺在草地上，弄得亂七八糟的。」華頓先生的聲音很悅耳，雖然仔細聽會聽到其中夾雜著粗嘎的呼吸聲。

「是啊。我一直覺得這樣沿著河流散步是一大享受。我特別喜歡看拖船。」嘉麗小姐聽起來一點都不像她。她的聲音比平常高很多，好像腳離開了地面，有點輕飄飄的。

「嘉麗小姐，有你這麼迷人的小姐陪伴，在公園散步對我一向是一大享受。」華頓先生邊說邊把身體微微靠向嘉麗小姐。

看見嘉麗小姐的臉從圍巾深處一路紅到髮際線，有如一條氾濫的河流，海莉震驚無比。哇，太不可思議了！

「哦，華頓先生。」嘉麗小姐呼吸急促，然後故意轉移話題：「你看看那邊那艘船，那在東河這裡算很大艘呢。」

「我無意冒犯，嘉麗小姐。」華頓先生一臉擔憂。「我只是想讓你知道，我有多喜歡跟你一起共度星期四的時光。」

嘉麗小姐臉上的深紅色又爬上來，讓她看起來像個不折不扣的鷹勾鼻印第安人。

老大姐嘉麗小姐，你是怎麼了？海莉心想。

肯定發生了什麼事。嘉麗小姐今天一點都不像嘉麗小姐。她不像平常那樣強悍、堅決、凡事都在掌控之內，反而看起來好像隨時會昏倒一樣。海莉正在思考時，又看見他們轉上沿著河流延伸的空地。現在她沒辦法跟蹤他們而不被發現，所以她決定跑回草地上，看看他們會從哪裡走出來。就算聽不到他們說話，她至少還看得到他們。跑回草地之前，她先在筆記本匆匆記下：

人生真是個大謎團。人跟其他人在一起的時候，都會變一個人嗎？嘉麗小姐從來沒有這個樣子過。不知道人結婚之後是不是都會這樣？她怎麼能結婚？華頓先生會搬來跟我們一起住嗎？他們如果想，我不介意讓他們的小孩睡我房間。除非他很吵，而且還想偷看我的筆記本，那我就會讓他好看。

華頓先生和嘉麗小姐愈走愈遠，身影愈來愈小，海莉趕緊合上筆記本，跑上山坡又跑下來，越過多條小徑，終於又跟他們拉近距離。他們從河岸步道轉上其中一條更小的小徑，小徑旁邊就是市長公館。海莉偷偷摸摸跟在他們旁邊，現在她又可以聽到他們的聲音了。

「嘉麗小姐，今天晚上你有興趣去看一場電影嗎？」

「好啊，我認為這是個很好的提議。」嘉麗小姐說。

海莉的下巴差點掉下來。嘉麗小姐從來不看電影，現在她卻笑著說好，好像那是人生一大樂事似的。天啊！海莉抓起筆記本。

如果她這麼想，有時候總可以帶我去看電影吧。

「有什麼有趣的片子嗎？」嘉麗小姐的聲音愈來愈高，愈來愈奇怪。

「我記得八十六街有部很棒的片子正在上映，你應該會喜歡。但如果到了那裡，你覺得不喜歡，那邊也還有三家電影院，你可以到時候再選。我想，我們可以先到包浩斯餐廳吃頓豐盛的晚餐，如果你願意的話。要是不喜歡，那裡也還有很多家其他的餐廳。」華頓先生說每句話都很客氣有禮，不時轉頭察看嘉麗小姐的表情，看自己有沒有說錯話。

「喔，這樣很好，聽起來會是個很愉快的夜晚。」

夠了！我剛好知道嘉麗小姐受不了德國菜②。有一次她還跟我說，如果她在盤子上再看到一次德國香腸，她鐵定會把它丟得遠遠的。那時我們家的廚子是德國人，後來才請了現在的廚子。等嘉麗小姐今天晚上回到家，我敢說她一定會跟我一起捧腹大笑，說她跟這個又矮又笨的胖先生度過了多麼糟糕的夜晚。

他們又走回東大道，所以海莉再也聽不到他們的聲音。她站在樹後面，看著他們走回她家。接著發生了一件非常好玩的事。華頓先生牽走他的腳踏車。海莉原本以為他要去送一下東西。但當她看見嘉麗小姐動作靈活、神色自若的跳上置物箱的時候，她全身雞皮疙瘩都冒出來。嘉麗小姐坐得很直，一派高雅，而華頓先生騎上車，有點喘，開始往下坡騎去。海莉目瞪口呆看著他們消失在轉角，往八十六街前進。她太震驚了，直接坐在地上就寫起來：

天啊，從沒看過這種事。我也是什麼事都看過的人。嘉麗小姐一定窘到很想死吧。今天晚上回到家，她一定會笑到肚子痛。

②譯註：包浩斯是德國的一個建築流派，因此海莉才會認為這是一家德國餐廳。

海莉走回家。她做了一下功課，看了一會兒書，之後就自個兒玩起了「小鎮」。爸媽回來之後，她跟他們坐了一下就又跑上樓，跑去看媽媽梳妝打扮準備出門吃晚餐。海莉覺得好無聊。看媽媽打扮，她覺得好累，腦袋鈍鈍的。她決定問媽媽一些問題給自己解解悶。

「你是怎麼認識爸的？」

「我們是在開往歐洲的船上認識的。」威爾許太太回答，正在跟她的頭髮奮戰。

「這我知道。」

「既然知道，為什麼還要問？」

「我是說，你是怎麼認識他的？過程是怎樣？」

「什麼意思？你是指詳細的過程嗎？我剛好從餐廳走出來，不小心撞到他，那天風雨很大，所以他就吐了。」

「你是說爸吐得你全身都是？」

「也沒有，只有一點點噴到我的腳。」威爾許太太呵呵笑。「不是非常愉快的相遇場景。他的臉紅得像甜菜根，拚命道歉，後來就昏了過去。下次他再看到我的時候，表情非常害怕。」

「人遇到將來的結婚對象，是不是都會臉紅？」

「呃，不會吧，親愛的，我懷疑。應該是因為他吐了的關係。」

「我知道……可是我是指……」

「什麼？」

「我也不知道怎麼說。」海莉悶悶的說，想不出到底該怎麼問。「我是指……那是什麼感覺？」

「有人吐在你腳上是什麼感覺？不是很好，我可以告訴你。」威爾許太太似乎不太認真聽她說話。

「不是啦！」海莉惱火的說：「我是說，遇到你以後的結婚對象是什麼感覺？」

「喔，親愛的，你不會知道……我是說當下不會……」

「那……要什麼時候才會知道？」

威爾許太太慢慢轉過頭，看著海莉。她的眼神溫柔，臉上浮現淡淡的、奇怪的笑容。「你在考慮嗎？」

「考慮什麼？」

「結婚。」

「我？」海莉整個人跳起來。她想，大人真的一年比一年呆了。「我才十一歲耶。」

「我只是好奇。」威爾許太太的口氣很困惑。「你好像很煩惱。」

「我沒有在煩惱。」海莉扭來扭去。那我是怎麼樣？她暗自納悶。「我只是好奇那是什麼感覺。」她有點生氣。

「這樣啊……」威爾許太太暫時停止化妝，愣愣的看著鏡中的自己。「我想每個人都不太一樣。我覺得……你爸是我看過最帥的男人。他吐在我身上沒讓我大發雷霆，雖然換成別人，我想我應該會生氣。但因為是他，反而讓我打從心裡想笑。隔天晚上他沒出現在餐廳，我就想他是不是很怕看到我，考慮要不要去問清楚。」她又繼續一板一眼的化妝。「至於別人是什麼感覺，我就完全不知道了。」

我媽媽不太想別人的事，海莉心想。「如果小波吐在我身上，我會把他的牙齒打斷。」她興高采烈的說。

「你才不會。」

「我會。」

「你不會。」威爾許太太玩笑著說，然後轉過頭搔海莉的肚子。海莉咯咯笑，從椅子上跌下來。威爾許太太站起來走向衣櫃。當她把洋裝從頭上套進去時，隔著布料說：「在你考慮結婚之類的事之前，我們還有一段很長的路要走。」她的頭露出來了。「謝天謝地。」她把洋裝往下拉。

「我說不定不會結婚。」海莉像在作夢似的說。她呈大字形躺在地上，雙手雙腳張開。「我說不定會去歐洲，認識很多將軍。」

「什麼？」威爾許太太心不在焉的問。

「沒事。」海莉說。

威爾許先生出現在門口。「老天啊，你才準備不到一半。」他氣呼呼的說，扭了扭袖口。

海莉看著一身正式禮服的爸爸。他長得帥嗎？她在心裡對自己說，她從沒看過他吐，不知道他吐的時候是什麼樣子，但每個人吐的樣子應該都差不多吧。她看過珍妮吐。那天他們一起看一部大猩猩電影，珍妮吃了四根巧克力棒和三包爆米花。超慘的。

「親愛的，你要不要先去把車子開出來？我馬上就下去。」威爾許太太在房裡跑來跑去找東西。

威爾許先生的火氣上來了。「好吧。」他的臉色很難看，接著又用硬邦邦的語氣說：「晚安，海莉，準時上床睡覺，當個乖女孩，別給嘉麗小姐惹麻煩。」

「她不在家。」海莉從地上坐起來。

「對，親愛的，廚子在家，今天是禮拜四。好了，去開車吧。」威爾許太太說。

「好吧。」威爾許先生說完就衝出門。

「唉。」海莉的耳朵已經感覺到空蕩蕩的房子漸漸降臨。

她踱來踱去，用腳在地毯上畫圖，直到威爾許太太打扮完畢，從她面前走出去，留下一絲香水味。她跟著媽媽下樓，在前門忍耐媽媽親她臉頰。

「當個乖女孩——」

「我知道，還有別惹麻煩、準時上床、不要躲在被窩裡看書。」海莉沒好氣的說。

威爾許太太笑了笑，又親了她一下，然後捏捏她的臉頰。「沒錯，親愛的。祝你有個美好的夜晚。」然後她就輕飄飄走出門了。

這句倒是沒聽過，海莉心想。她拿起書，砰砰砰下樓走去廚房。廚子坐在廚房裡看報。

「準備要吃晚餐了嗎？」廚子喃喃的問。

「哎呀。」海莉說，在桌前坐下。

「準備好了！」海莉放聲大喊。樓上安靜到都快讓她耳聾了。

海莉努力撐到嘉麗小姐回家再睡，但最後還是睡著了。所以隔天下午放學之後，她連廚房都還沒去，就先跑進嘉麗小姐的房間。海莉一定是好奇到受不了，才有可能打破每天的固定作息。她裝作沒事一樣擋住嘉麗小姐的路，站在門口，不讓她下樓去喝茶。

「怎麼啦？這麼快就吃完蛋糕了？」嘉麗小姐對她笑。

「沒有。還沒。嘿，你玩得開心嗎？」海莉裝出無所謂的口氣。

「哦，你說昨天嗎？嗯，很美好的夜晚。」嘉麗小姐笑得很開心。

「真的？」海莉很驚訝。

「當然啦，不然呢？我去看了一場精采的電影，在這之前還吃了很棒的晚餐……」嘉麗小姐走下樓。

「你吃了什麼？」海莉俯身靠在欄杆上問。

「一種我從來沒吃過的德國香腸，還不錯，還有好吃的馬鈴薯。嗯，很美好的夜晚。」嘉麗小姐消失在樓梯轉角。

海莉站在原地想了一想，然後慢慢走回房間。她覺得下樓之前一定得先寫些筆記才行。

「愛」這件事不只有眼睛看到的那麼簡單。我得好好想一想，但我不覺得會有什麼收穫。我想大人或許說得對，有些事要等我再大一點才會懂。但如果那樣會讓你喜歡各種口味的德國香腸，我不確定我會不會喜歡。

她合上筆記本，下樓去找嘉麗小姐。

那天晚上，她跟嘉麗小姐邊看電視邊下西洋跳棋的時候，海莉想起了海瑞森・魏斯。她對嘉麗小姐說：「一個人如果一直孤孤單單，我會替他覺得難過。」

「內省之眼是孤獨的至樂。」嘉麗小姐平靜的說。

「什麼？」

「華茲華斯③。〈我如浮雲獨自流浪〉。」

「你不會嗎？」

「什麼？」

「替他覺得難過？」

「孤獨何其甜美，無與倫比的甜美！」

「什麼？」

「威廉・古柏④。〈隱世〉。」

「嘉麗小姐，」海莉大聲說：「你想表達什麼嗎？」

「對。」

「所以是什麼？」

「孤獨，抵擋平庸的守衛，是天才的嚴師益友！」

「什麼啦？」海莉憤怒的大叫。

「愛默生⑤。〈人生的作為〉。」

③譯註：華茲華斯（William Wordsworth, 1770-1850），十九世紀英國浪漫主義詩人。
④譯註：威廉・古柏（William Cowper, 1731-1800），十八世紀英國詩人。
⑤譯註：愛默生（Ralph Waldo Emerson, 1803-82），十九世紀美國自然主義哲學家。

「嘉麗小姐！」海莉站起來，她真的生氣了。

「你到底會不會為孤孤單單的人覺得難過？」

「不會。」嘉麗小姐說，抬起頭疑惑的看著海莉。「我不會。」

「哦。」海莉坐下來。「我會。」

「最重要的是：對自己誠實，你便不會對任何人虛偽，正如夜盡之後必要日出。⑥」

海莉心想，有時候我真希望她可以閉嘴。

⑥譯註：出自莎士比亞劇作《哈姆雷特》。

6 看電影風波

隔週星期六晚上，威爾許夫婦要去參加一場盛大的晚宴。從好幾天前他們就在討論這件事，等到這天真正到來時，兩個人都慌慌張張、亂成一團。威爾許先生一肚子火，因為他得穿燕尾服配白色領帶，但想找什麼都找不到（比方飾扣之類的東西）。威爾許太太差點來不及把她的禮服從洗衣店拿回來，從頭到尾，沒有一件事順利。等到終於要出門的時候，兩人的臉色都很難看，海莉看到他們出門也鬆了一口氣。嘉麗小姐通常會在這樣的晚上試做新料理當作娛樂，比方起司焗龍蝦或酸菜香腸鍋，都是她或海莉從沒吃過的菜色。不過，這個禮拜六嘉麗小姐的心情卻教人摸不透。

海莉蹦蹦跳跳走進廚房，問：「我們今天吃什麼？」嘉麗小姐怔怔的看著她，好像這輩子從沒做過新料理似的。

「呃，我準備了牛排、蘆筍，還有烤馬鈴薯。你喜歡蘆筍，對吧？」她說出這串話的樣子，好像根本不知道自己說了什麼。

真的怪怪的。海莉有點緊張。嘉麗小姐非常清楚海莉喜歡什麼、不喜歡什麼。而且，她明明就很愛蘆筍，嘉麗小姐卻還要問。海莉坐下來，仔細打量嘉麗小姐。她甚至沒回答有關蘆筍的問題，因為不覺得有這個必要。嘉麗小姐正在察看烤箱裡的馬鈴薯。

「我們今天晚上要做什麼？」海莉試探的問。

「什麼？」嘉麗小姐問。

「嘉麗小姐，你是怎麼了？我剛剛問你，我們今天晚上要做什麼？」

「喔，抱歉，我正在想事情，沒聽清楚。」嘉麗小姐故意裝出開朗活潑的表情，免得她繼續追問，海莉看得出來。「我想，我們也許可以在廚房裡下西洋跳棋。」

「在廚房下棋？可是我們一向都邊看電視邊下棋啊。你不是說，這兩件事本身都有點無聊，可是如果同時間一起做，至少可以讓腦袋有點事忙。」

「對。」嘉麗小姐從冰箱拿出蘆筍。

「那就對了！所以你說『在廚房下棋』是什麼意思？廚房又沒有電視。」海莉覺得自己像在跟小孩說話。

「我……只是覺得，你知道，可以變化一下，坐在這裡下棋。」嘉麗小姐轉過頭，背對海莉。

前門的門鈴響起。

「咦，不知道是誰來了？」嘉麗小姐的聲音輕快又奇怪，急著要跑去開門，差點撞倒一張椅子。

海莉一臉詫異看著嘉麗小姐打開門。華頓先生站在門口，他穿著筆挺的西裝，手中握著一束玫瑰。

「喔，華頓先生。」嘉麗小姐說，但海莉懷疑她早就知道按門鈴的是他。

「晚安，嘉麗小姐，非常感謝你邀請我來這裡，跟你還有……」他看看海莉，海莉凶巴巴瞪他一眼。「還有你照顧的小寶貝一起用餐。」他本來顯然想說更多，但海莉一直朝他射出凶狠的目光，他開始結結巴巴，最後就不說了。

嘉麗小姐挽著他的手，帶他走進廚房。「海莉，」她用同樣緊繃的聲音說：「這位是喬治‧華頓先生。華頓先生，這位是海莉‧M‧威爾許小姐。」

哼，至少她沒忘記「M」，海莉心想。她站起來，走過去跟華頓先生握手。華頓先生那張光滑乾淨的臉上堆滿笑容。他的鬍子在燈光下閃閃發亮，襯衫前襟白到讓人覺得刺眼。

「請坐，」嘉麗小姐說：「別客氣。」

海莉和華頓先生坐了下來，但沒人知道要做什麼。海莉盯著天花板，華頓先生對著嘉麗小姐微笑，嘉麗小姐在廚房裡緊張的忙東忙西。「華頓先生……」嘉麗小姐說，但華頓先生舉起手表示抗議。

「叫我喬治就好。」

「喔，好的。」嘉麗小姐呵呵笑著說，海莉從沒聽過她發出那種笑聲，而且一聽就覺得討厭。「那麼，喬治，你想喝點飲料嗎？」

「不用了，我不喝飲料，但還是謝謝你，凱薩琳。」

嘉麗小姐對這個答案似乎很滿意。海莉轉頭去看嘉麗小姐，不再盯著天花板看。她心想，真不知道那個胖嘟嘟的嘉麗太太為什麼幫女兒取名叫凱薩琳，我從沒想過嘉麗小姐叫凱薩琳，也沒想過她曾經是個小女孩、去學校上學、大家都叫她凱薩琳。不知道她小時候長什麼樣子。無論海莉怎麼努力想像，都無法想像一個有大鼻子的小女孩。

突然間，海莉發現華頓先生直直盯著她看了一會兒。她決定看回去，把他比下去。但華頓先生卻用開心滿足的眼神回看她，讓她不知如何是好。他看起來好像正在想關於她的事。海莉雖然不想承認，但他有種睿智的眼神。這時，他傾身靠了過來。

「海莉，我想我們有個共同的朋友喔。」

哦，想跟我裝熟是吧，海莉心想。

「誰？」她滿不在乎的問。

「小喬科里。」華頓先生直截了當的說，然後眉開眼笑，顯然對自己的表現十分滿意。

「真的嗎？」海莉非常驚訝。

「是的。你知道，我跟小喬是同行，我們聊天的時候發現，我跟他都認識同一個可愛的小女孩。」

海莉心想，我的天啊，大人要是知道他們有多假就好了。

「他說他送貨的時候遇過你很多次。」華頓先生接著說。

「他食量超大的。」

「是嗎？我可以想像，他年紀還輕，還在發育呢。」

「呃……他沒在別的地方看過我吧？」

「別的地方？你是指？」

「就別的地方啊。」

「他看過你放學走路回家。」

「喔。」海莉鬆了一口氣，兩眼盯著桌面。她不知不覺認為自己有責任讓這段蹩腳的對話繼續下去，這件事讓她覺得生氣。

「凱薩琳，小喬科里對我來說是個難以理解的謎。」華頓先生整個人往後一靠，顯然覺得自己擺平了敵人，現在可以鬆一口氣了。「他除了當送貨員，沒有任何抱負。這對我來說，實在很難理解。」

「那是因為你體驗過另一種生活。」嘉麗小姐笑著對他說。

海莉很好奇華頓先生體驗過什麼樣的生活。

「是啊。」他轉向海莉。「我繞了一大圈才走到今天，讓自己有時間想一想。這是一回事；但一輩子只有這個樣子，也不想要更多，又是另一回事。海莉，我呢，以前生意做得很大，我有間大公司，是個賺大錢的珠寶商，有老婆有兒子。我太太每年都會帶著兒子去佛羅里達度假。我非常富有，卻活得很悲慘。」他看著海莉，像在期待被赦免。海莉不發一語，只是直直看著他。「我有嚴重的胃潰瘍，吃飯喝水都會痛得很厲害。人生不值得一活。我的手上沾滿塵埃，後來……」華頓先生望向遠方，彷彿忘了自己要說什麼。

「生命很奇怪。」嘉麗小姐說。這是她最愛掛在嘴邊的一句話。聽到嘉麗小姐說出這句話，海莉不知道為什麼就覺得安心。

「是啊。」華頓先生回過神後又接著說：「我發現，再這樣下去，人生照樣滿是塵埃，永遠只有塵埃，其他什麼也沒有。所以我要我太太帶走所有的錢，還有我兒子。我跟她說，她也可以跟我一起走，從頭開始，如果她願意的話。可是她不願意。」他的聲音中多了一絲嚴酷。「她不願意。那是她的選擇。人的一生都在做選擇。」

「每分每秒。」嘉麗小姐接著說。

的開心笑聲。

「所以囉，我成了送貨員。人生突然變得甜美。」華頓先生發出響亮的笑聲，那是小孩

「嗯哼。」海莉說，因為她想不到該說什麼。

「那一定要有很大的勇氣。」嘉麗小姐說，彎身察看烤箱。

「不，」華頓先生說：「那是因為絕望。」

海莉突然開始喜歡這個人，她說不上來為什麼，但就是喜歡。

「現在……」他臉上出現奇怪而羞澀的笑容。「我有個好消息要宣布。最近我在考慮兩個人一起生活……好消息就是——我升上收銀員了，從下禮拜開始。」

「喔，太棒了！」嘉麗小姐轉過身，滿臉笑容。海莉驚訝的發現，她的眼角竟然閃著淚光。「太棒了，你說是吧，海莉？我們應該慶祝一下。」

「我是覺得騎腳踏車比算錢好玩。」海莉說。

華頓先生仰頭大笑。「我一直也這麼想，海莉，就跟你一樣。我需要時間思考。」他想了想。「現在我有時間思考了。我知道人生不會再布滿塵埃，再也不會了。所以我可以更加努力工作，再爬高一點，再多擁有一點……」他抬起手。「不用太多，只要一點點，因為……現在我擁有自己了。我知道……生命的價值了。」他努力表達自己的想法。

「嗯哼。」海莉又說。

「好了。」嘉麗小姐說：「我們來吃晚餐好嗎？」她開始把晚餐端到桌上。

華頓先生含情脈脈看著嘉麗小姐，帶著欣賞的眼神。擺好餐具，大家都開動之後，華頓先生說：「我有個提議。我想帶兩位可愛的小姐一起去看電影，當作慶祝。」他看著她們兩

個，露出和藹的笑容。

「不行，不可以這麼做。」嘉麗小姐一臉堅決。

「為什麼不行？為什麼不行？去嘛，嘉麗小姐，我們去嘛。」海莉突然好想去，想去得不得了。她覺得華頓先生該去慶祝一下，而且她從沒去過電影院。

「不行，」嘉麗小姐說：「免談。」

「親愛的，」華頓先生說：「為什麼不行呢，凱薩琳？」

「那還用說嘛！我也有我的工作，華頓先……喬治，今天晚上我有該負起的責任。我必須待在這裡。」

「那是當然的……可惜了……」華頓先生看起來好失望。

「可是嘉麗小姐，你也知道啊，每次我爸戴白色領帶出門，他們都會很晚才回家。這是你告訴我的。」海莉已經做好哀求一整晚的準備。

「凱薩琳，畢竟這麼做也不會造成什麼傷害。或許就這麼一次……」華頓先生的笑容如此溫柔。「而且那會給我很大的快樂。」

嘉麗小姐又臉紅了，而且非常紅。她匆匆站起來走向冰箱。「海莉，我忘了你的牛奶。喬治，你要喝咖啡或茶嗎？瞧我，都忘了拿飲料給你們。」

「我可以改喝可樂嗎？」海莉問。

「不行，」嘉麗小姐說：「你喝牛奶。」

「可是牛奶裡有輻射。」

「所以你身體裡也有。你喝牛奶。」這是海莉熟悉的嘉麗小姐——嚴格、不輕易妥協。

這讓海莉覺得很安心。

「凱薩琳，如果這樣會讓這孩子有危險，我可以理解你這麼做。可是我們……只是去看電影，或許看完電影再到藥房喝杯汽水①……不會有危險的。」華頓先生誠懇請求。

「耶！」海莉從桌前跳起來。「我去拿報紙，看有什麼片。」

她跑上樓到書房，很快翻一翻報紙，搶在他們拿到報紙之前先挑選。徹底研究過後，她在一部講小孩能看到奇怪東西的鬼片，跟另一部講希臘諸神的豪華大片之間掙扎。後來她決定提議看後面那部比較明智。畢竟那是彩色片。她跑回廚房，一路興奮大喊。

「你看，你看，嘉麗小姐，實在太棒了！學校剛好上到希臘神話，而且我最喜歡阿波羅跟雅典娜了，那樣我就可以知道他們所有的事了！」跑到廚房時，她發現了一個變化——華頓先生和嘉麗小姐看著彼此的眼睛，兩人臉上都有種可笑無比的表情，甚至好像沒聽到她的聲音。嘉麗小姐像在作夢似的抬起頭。

「都決定好了，海莉。我們決定去看電影了。」她溫柔的說。

「哇塞。」海莉坐下來，狼吞虎嚥的把剩下的晚餐吃光。

「別吃太快，」華頓先生說：「電影不會跑走的。」

海莉發現只有她在吃東西，他們兩個今天晚上顯然都沒胃口。「你們看，開演時間在這裡。」她緊張的說，總覺得要是不趕快把他們趕出門，他們就會完全忘了這件事。

嘉麗小姐翻了翻報紙，說：「我想我們應該看早一點的，比較保險。」

①譯註：以前美國的藥房也兼賣汽水冷飲。

「好哇。」海莉匆匆忙忙吃完晚餐，然後蹦蹦跳跳跑上樓去拿外套。她下樓的時候，他們都已經穿上外套。三個人從後門走出去，再繞到前門，但走到送貨腳踏車前時，都有點不知所措。

華頓先生似乎並不擔心。「呵，別擔心。今天我把籃子裡頭徹底清洗過了，海莉坐進去剛剛好。凱薩琳坐在上面也已經駕輕就熟。」

「我們可以去搭公車。」嘉麗小姐緊張的說。

「不要啦，就這麼辦。拜託嘛，嘉麗小姐，我想坐這個去。」海莉單腳跳上跳下，興奮無比。

嘉麗小姐最後還是讓步。她回屋子拿了一條毛毯，鋪在置物箱裡。坐進去之後，海莉覺得很舒服。蓋子開始放下來的時候，她趕緊問：「我可以呼吸嗎？」華頓先生指通風孔給她看，她才放心一些。蓋子蓋上。海莉聽到嘉麗小姐跳上來。接著，華頓先生把腳踏車往外推，他們就出發了。他們彎來彎去飛下山坡，嘩啦啦往八十六街奔去。太刺激了。海莉聽得到一路上車子經過的聲音，還有嘉麗小姐跟華頓先生扯嗓大喊好讓對方聽見的聲音。

「凱薩琳，我是世界上最快樂的男人。」華頓先生大喊。

「小心那輛貨車！」嘉麗小姐喊回去。

「別擔心，我車裡有珍貴的**包裹**，會小心的！」華頓先生尖聲喊。

「我想就在前面了。」

「沒錯，我看到了。」他大聲說。

「車要停哪裡？」

「喔，哪裡都可以，這就是這種交通工具方便的地方。」他們漸漸慢下來，最後停住。一聽到嘉麗小姐從蓋子上跳下來，海莉馬上像魔術箱一樣蹦出來。他們全都哈哈大笑，因為實在太好玩了。

海莉覺得電影很讚。宙斯隨時隨地都在發飆，每次有什麼事惹他不高興，他就把神殿弄倒。保羅・紐曼飾演阿波羅，莎莉・麥克琳飾演雅典娜。海莉是從爸爸帶回家送她的電影明星劇照認識他們兩個的。看電影的時候，海莉不時轉頭去看嘉麗小姐喜不喜歡這部片，但她根本沒怎麼在看，只是一直和華頓先生互看。海莉心想，會不會是因為這樣，嘉麗小姐才不介意來看電影。反正她根本不看電影，所以到哪裡都沒太大差別。

看完電影，他們走去對街的藥房。華頓先生說，她想喝哪種汽水都可以。海莉不太喜歡汽水，所以就點了她愛的蛋蜜乳。不知道為什麼兩個大人覺得很好笑，但她不在乎。他們自己點了超大杯的汽水，一喝就喝好久，所以海莉喝了第二杯蛋蜜乳。之後他們回去牽車，海莉再次爬進置物箱。她覺得好開心，回程差點睡著了。她感覺快到家了，因為華頓先生吃力的踩著腳踏車，爬上東大道的上坡。然後車子一晃，停下來，海莉就知道到家了。突然，她聽見嘉麗小姐驚呼：「天啊！」馬上從置物箱上滑下來。海莉打開置物箱的蓋子，把頭伸出去，看見她家的前門整個打開，燈光從門廊流洩到樓梯和人行道上。她大吃一驚。

他們三個人以三種不同的姿勢愣在原地，盯著前門看。「有人闖空門嗎？」華頓先生輕聲問，開始東張西望，看看周圍有沒有警察。他跨坐在腳踏車上，嘉麗小姐站在人行道上，海莉從置物箱裡伸出頭。突然間，一聲尖叫聲響起，威爾許太太出現在前門，光線照著她衣服上的閃亮飾品，一閃一閃。

「這算什麼？這是什麼意思？嘉麗小姐，我很驚訝！」

嘉麗小姐開始走向門口，張開雙臂想要解釋。同時間，海莉想通了眼前發生的事——威爾許夫婦提早回來了。天啊，這下可慘了，她心想。

「我的孩子在哪裡？」威爾許太太歇斯底里大叫。「海莉呢？海莉在哪裡？」嘉麗小姐開始說話，一邊走向前。「那是你嗎，海莉？你在那個東西裡面做什麼？」

「威爾許太太……」嘉麗小姐才剛開口，威爾許太太就猛然轉過頭，對著屋裡尖叫。「過來，你快過來！」她對著敞開的門大喊：「他們把海莉帶出門！」

「威爾許太太……」嘉麗小姐跑了起來，臉色驚恐。她跑到最上層階梯時，威爾許先生剛好走到門口。他們三個人站在燈火通明的門前，海莉和華頓先生張口結舌看著這一幕。

「這到底是……」威爾許先生還沒說完，就三步併作兩步跑下樓，一個動作就把海莉整個人從置物箱抱出來。「你是誰？」他對著華頓先生的臉大口吐氣。

「我……我……我們……沒有惡意，先生。嘉麗小姐跟我……」華頓先生臉色惶恐。

「嘉麗小姐……」威爾許先生用可怕的聲音說。他抱著海莉走回門口，接著又轉過頭說：「你先不要走，進來說——」他等華頓先生把腳踏車靠在路邊護欄並走上來，之後又站到一邊讓華頓先生先走，好像怕他會逃走似的。他們走到門口，威爾許太太和嘉麗小姐先一步走進去。威爾許先生關上門。一瞬間，四個大人就這樣站在門後。

威爾許先生把海莉放下來，像要保護她似的稍微把她推到自己身後，然後說：「這是怎麼回事？嘉麗小姐，這個男人是誰？」

「他……這……」嘉麗小姐一時語塞。

「威爾許先生，恕我先向您自我介紹。」華頓先生擺出他最迷人的微笑。

「請說，眼前的狀況讓我很不高興。」威爾許先生惱怒的說。

「我想，這中間有些誤會……」華頓先生開始說。

「沒有什麼誤會。我們為什麼要全部站在這裡說這些話？」威爾許太太拉開嗓門吼道。「這個人是誰？」

她轉向她丈夫：「你跟他有什麼好說的？」

「威爾許太太……」嘉麗小姐用最莊重的語氣說：「我要向您解釋，海莉沒有受到任何傷害，我們只是去——」

「傷害？傷害！」威爾許太太吼：「你們搞到三更半夜才回來，這對我造成的傷害又該怎麼說？你知道現在已經十二點了嗎，嘉麗小姐？你知道嗎？」

威爾許太太一歇斯底里起來，就不要想跟她對抗，所有人都會被打敗，就像被巨浪掃過一樣。她尖聲大叫的聲音劃破寂靜。

「我從來沒碰過這麼可怕的事。我不管你去做什麼，或去了哪裡，我絕對不會再讓這種事發生。我告訴你，嘉麗小姐，你被開除了。」最後一句話像啪一聲摔在地上的托盤。

一片靜默。然後海莉開始哇哇大哭，她覺得自己有點誇張，好像硬把大家的目光都集中到她身上，但她還是忍不住哭了。世界在她面前裂成碎片。

「你看！看看我的小孩激動成這樣。」威爾許太太聽起來像在演八點檔，即使在海莉眼裡也是。她走過去，把海莉的頭靠在自己身側。「我受夠了。你被開除了，我要你馬上離開這個家。」

嘉麗小姐沒說話，表情震驚無比。

「親愛的……」威爾許先生轉向太太。

嘉麗小姐堅定的直起背，聲音平穩，但海莉聽得出底下的洶湧情緒。海莉停止哭泣，仔細聽她說。「威爾許先生、威爾許太太，我希望你們現在對我已經有相當的理解，知道只要這個孩子歸我照顧，我無論如何都不會讓她受到傷害。如果有人想要傷害她，我一定會用我這條命跟他拚了。」

海莉豎起眉毛。哇，好酷。

「我不在乎，你還不懂嗎？你被開除了。」威爾許太太堅持立場。

「親愛的，我們冷靜下來談。」威爾許先生勸她。

「我先帶海莉上樓睡覺，她今天晚上也看得夠多了。如果你想跟這個女人、還有這個不知從哪裡冒出來的奇怪男人繼續討論，那就請便。」威爾許太太說完就抓著海莉往樓上走。海莉試著把她的手扭開，但威爾許太太牢牢抓住她，她連轉身都有困難。威爾許太太抓著海莉回房間，拿出睡衣，然後開始幫她脫衣服。

「我自己會脫，」海莉忿忿的說，「不用你幫我。」她把睡衣從媽媽手裡搶過來。

威爾許太太心不在焉，根本沒發現她無禮的動作。她甚至沒跟海莉說半句話就衝下樓。

大家都瘋了，海莉心想。嘉麗小姐會怎麼樣？接著，她想到她可以躲在樓梯口偷聽，於是馬上跑出去。

她靠在欄杆上，看見媽媽急急忙忙跑下樓。海莉心想，我從沒看過她這個樣子。她想起以前聽過媽媽形容別人的一句話：「脫序演出」。這就是「脫序演出」嗎？海莉坐在樓梯上，頭從兩根欄杆中間伸出去，她看見嘉麗小姐、華頓先生和她爸正比手畫腳小聲討論著，但威爾許太太一跑進去，三人的討論就戛然而止。

「希望你們談出結論了！」威爾許太太帶著她特有的顫音說，「別想背著我做出什麼決定，因為我不會放過你們的，你們要知道。」她對著丈夫說出這句話，威爾許先生面無表情看著她。

「威爾許太太……」華頓先生擺出極盡討好的微笑。

「我連你是誰都不知道。」威爾許太太粗暴的說。

「親愛的……」威爾許先生走向太太，伸手搭住她的肩。「這位是華頓先生，他跟嘉麗小姐有事情要告訴我們。」

威爾許太太還沒張開嘴，華頓先生就舉起手，示意大家聽他說。接著，他用平靜而穩重的語氣從頭道來，抓住大家的目光。「威爾許太太，我知道這種事讓人多麼著急，我自己也有小孩……」他的聲音擴散開來，有如放在燙傷皮膚上的奶油。「我想說的是，這對所有人雖然都是意外的發展，但這場誤會實在不必要以悲劇收場。若不是今天晚上，我剛好跟嘉麗小姐求婚，而她也非常好心的答應了我的求婚，那麼要她離開這個美麗舒適的家，對她勢必是一大打擊。然而，就目前的狀況來看，我不認為她需要有一丁點的不愉快。無論如何，她已經跟我說，她打算下個月離開這裡。我只希望──我想她也這麼認為──你們可以和和氣氣道別，不要鬧得不愉快。」他往後退一步，表示他已經說完。

威爾許太太茫然的看著他，嘴巴微張。海莉整個人往前傾，幾乎要跌到樓下。嘉麗小姐看著地板。威爾許先生貼近太太，和氣而溫柔的說：「親愛的，看來他們只是去看電影而已，海莉很安全的。」大家都站在原地看著威爾許太太。

「可是嘉麗小姐，你不能走啊。沒有你，我們怎麼辦？」威爾許太太說出這句態度一百八十度大轉彎的驚人之語時，臉上沒有一絲難為情。

嘉麗小姐抬起頭，海莉在她臉上看到一抹自豪。「謝謝你這麼說，威爾許太太。」她注視威爾許太太片刻，接著又說：「不過我想，從很多方面來看，時機也成熟了。不只對我，對海莉也一樣。」

坐在樓梯上的海莉大為震驚。伴隨震驚而來的，是一絲從心中隱隱浮現的興奮感，因為她想到，這顯然表示嘉麗小姐認為她可以自己照顧自己了。是這樣嗎？

嘉麗小姐佔據了舞台。其他三個人驚訝的看著她，她把握住這一刻，緩緩開口：「『時間到了』，海象說——」

「**天南地北話家常……**」海莉對這首詩滾瓜爛熟，所以想都沒想就在最高一階樓梯站起來，開始背誦。所有人都轉頭看她。

嘉麗小姐接著說：「**鞋子船隻和封蠟……**」

「**還有甘藍……和國王……**」海莉低頭對著嘉麗小姐的笑臉開心的笑，兩人輪流背出這首詩。

「**大海為何滾燙燙……**」嘉麗小姐的表情很怪，介於笑和哭之間。

海莉歡欣鼓舞大聲背出最後一句：「**小豬為何長翅膀！**②」這是她最愛的一句。

②以上是出自兒童文學名著《愛麗絲鏡中奇緣》的詩句。此處摘錄王安琪譯本。

嘉麗小姐隔天下午才離開。海莉從學校回來之後，嘉麗小姐剛整理好行李。海莉一進門就跑進嘉麗小姐房間。

「他什麼時候問你的？我一直都在旁邊啊。他什麼時候跟你求婚的？」海莉一整天都在等著問這個問題。

「記不記得我們在喝汽水的時候，你走過去看架子上的書？」

「嗯。」

「他就是那個時候問我的。」嘉麗小姐對她微笑。

「哦……呃，那是什麼感覺？」

「什麼？」

「我是說，有人跟你求婚是什麼感覺？」海莉好奇難耐。

嘉麗小姐望著窗外，心不在焉的摺著衣物。「感覺就像……就像……心裡面的你開心得跳起來……好像世界上的門同時打開了……不知道為什麼，世界突然變大了。」

「沒道理啊。」海莉理性的說，然後啪一聲坐在床上。

「總之，這就是我的感覺。『感覺』從來就沒什麼道理，你現在應該也知道了。」嘉麗小姐愉快的說。

「也許……」海莉知道這樣說等於承認自己還是小孩，但還是忍不住。「也許有很多事我還不懂。」

嘉麗小姐連看都沒看她，不知為何，這讓海莉覺得安心。「胡說，你懂的事情夠多了。對你自己來說很足夠，甚至比某些人懂的還要多很多。」

海莉躺在床上看著天花板。「華頓先生以後也會在附近工作嗎？」她隨口問。

「不會。我們決定去蒙特婁探望他爸媽，如果我們喜歡那裡，說不定會在那裡住下來。」

「蒙—特—婁？」海莉大叫：「那在哪裡？」

「海莉，沒必要那麼激動。再說，你很清楚那在加拿大，我記得你以前查過。」

「我知道。可是這樣我就看不到你了。」海莉坐起來。

「你不需要看到我，現在你不需要保母了。等你長大，出版第一本書的時候，我會去書店買一本你的簽名書，怎麼樣？」嘉麗小姐露出一貫的笑容。

「哇塞！你是說，你會跟我要簽名？」

「可以這麼說。總之，等你長大，我會特別留意你的消息，看看你變成了什麼大人物，因為我會很想知道。好了，現在幫我把行李搬到樓下。」

海莉從床上跳起來，提起行李。「你跟華頓先生會開開心心的嗎？」

「會的。我們會很開心。別忘了那邊那個小袋子。」嘉麗小姐走出房門。

「結婚好玩嗎？」兩人下樓時，海莉又問。

「我怎麼會知道？我又沒結過婚。不過，我想不會全部都好玩。你知道，沒有哪件事是這樣的。」

「那你會生很多小孩嗎？」

「而且愛他們比愛你還多？不會，絕對不會。我大概得再工作一陣子，等他賺多一點錢，所以我會再去當保母。不過記住一件事：世界上只有一個海莉。」嘉麗小姐打開前門。

「呃……呃……」海莉不知所措。

「你快去工作吧，不然就少寫了一整個下午的筆記。」嘉麗小姐前前後後看著街道，尋找計程車的蹤影，好像在趕時間。

海莉跳上去抱住嘉麗小姐的脖子，雙手抱住她，使出全身的力氣將她抱緊。

「再見了，海莉小偵探。」嘉麗小姐對著海莉的脖子輕聲說。海莉覺得鼻子酸酸的，嘉麗小姐堅定的把她放下來。「不要這樣。眼淚也挽留不了我。記住這點。眼淚從來就挽留不了任何東西。人生是一場奮鬥，一個好偵探會跳進去，勇敢應戰。記住這點。不要做蠢事。」說完她就拿起行李走下樓梯。一輛計程車停下來，海莉還來不及說話，嘉麗小姐就揚長而去。然而海莉總覺得，當嘉麗小姐彎身拿行李時，有一滴眼淚從她臉上滴落。

那天晚上，她一個人洗澡，一個人上床睡覺。睡前她在筆記本寫下：

我一個人的時候做事情的感覺，跟嘉麗小姐在這裡的時候一樣。洗澡水熱熱的，床軟軟的，但是我感覺到心裡有個奇怪的小破洞，以前沒有，就像是手指上的小傷口，只不過這個是在我肚子上面的地方。

她關掉燈，連書都沒看就直接睡了。

第二部

7 古怪的耶誕大餐

隔天下午，海莉一直到五點才回家。她故意待在外面一整天，先去走一遍偵察路線，再去找珍妮和小波玩大富翁。她玩得心浮氣躁，因為她討厭那麼久坐著不動，但珍妮和小波倒是很喜歡。珍妮有各種贏得遊戲的策略，小波對錢很有感覺，所以他們兩個從頭到尾都玩得很起勁，只有海莉沒辦法專心。

爬到最高一層樓梯時，海莉靜靜站了一會兒。家裡靜悄悄，一點聲音都沒有。媽媽出門了，爸爸還沒下班。廚房很遠，她聽不到廚子的聲音。她一動也不動的站著，豎起耳朵。

嘉麗小姐住在這裡的時候就不是這樣。這是她特別的地方，海莉想。即使她不說一句話，你也知道她在。她讓這個家的人感覺到她的存在。

海莉往嘉麗小姐的房間看。裡頭空空的，很安靜，黃色房門開著。海莉走向房間。她站在門檻上，往整齊而空蕩的房間裡看。

嘉麗小姐住在裡面的時候，差不多就這麼整齊，只是多了鮮花。嘉麗小姐總是會在房裡放一盒生機盎然的小植物。之前還有一床花朵圖案的大被子，海莉常在上面跳來跳去。嘉麗小姐把被子帶走了，海莉心想。

她轉身走回自己房間，有一瞬間以為自己會哭出來。之後她走進房裡的小浴室洗把臉。她在心裡對自己說，哭也沒用，嘉麗小姐不會回來。就算大哭一場也不能把她帶回來。

她坐下來看書。我很愛看書的，她心想。看書的時候世界變得更大，就像嘉麗小姐說華頓先生向她求婚時世界突然變大一樣。她覺得腸胃一緊。可惡的華頓先生，她心想。他為什麼把嘉麗小姐搶走？我會不會還是哭出來？

前門砰一聲打開，海莉知道是爸爸回來了。他每次回家都會砰一聲，跟海莉一樣。她聽到聲音馬上衝出去，甩上房門，乒乒乓乓跑下樓，每一階都故意用力踩，跑啊跑直到撲進爸爸懷裡。

「哈囉！」威爾許先生站在那裡笑，感覺好高大，角框眼鏡被海莉撞得歪了一邊。他抓住海莉，把她整個人抱起來。「嘿，你大到老爸都快抱不動了！」海莉笑嘻嘻爬下來，他把她放回地上。「你現在多重？」

「三十四公斤。」

「胖妞，好個小胖妞。」他放下公事包，脫掉外套。「你媽呢？」

「去打橋牌。」海莉嫌惡的說。

「橋牌，真無聊。她怎能忍受那種無聊的遊戲？還有那些無聊的牌友！」他自言自語走開了。海莉喜歡聽爸爸碎碎念，她知道他不是在念給她聽，所以才覺得好玩。

「爸，你今天做了什麼？」

「跟一堆照片泡在一起。」

「有電影明星照片可以給我嗎？」

「海莉・M・威爾許，今天我沒有電影明星的照片要給你。如果今天有什麼好事值得我感謝上帝，那就是：我用不著盯著過氣電影明星的下巴看。反正呢，那些混帳給我那麼低的預算，我很懷疑我這輩子還會不會再看到電影明星。」

海莉突然想起今天是星期一。嘉麗小姐曾經跟她說過：「星期一誰都別惹，這天大家的心情都很鬱悶。」

威爾許先生走向書房，手裡拿著報紙。「海莉，從現在開始安靜一下好嗎？」

「我有說話嗎？」畢竟她只是站在那裡而已。

「我有一種清楚的感覺，我聽得見你在思考。去玩吧，等媽媽回來再說。」

嗚喔，確實是鬱悶星期一。威爾許先生走去吧檯調了一杯馬丁尼。海莉躡手躡腳走開。她突然想到她還有一點功課要做，所以就上樓回房，因為想在七點半她最喜歡的節目開始之前寫完功課。

她最喜歡的節目是老電影。她不喜歡兒童節目，永遠不懂那些節目在幹嘛。兒童節目笨死了。珍妮每部都看，而且都笑到不行，海莉卻完全無感。珍妮當然也看所有的科學節目，還邊看邊寫筆記。小波最愛看體育新聞和烹飪節目，然後把或許能引起他爸食慾的食譜都記下來。

海莉坐在書桌前，拿出學校的聯絡簿，今天有一樣數學作業。她討厭數學，全身上下每個細胞都討厭。因為花太多時間討厭它，所以就沒時間寫數學。她完全不懂數學，一個字也不懂，甚至不懂那些懂數學的人。她永遠用懷疑的眼神看著那些人。他們腦袋裡有她沒有的構造嗎？她的腦袋裡應該裝數學的地方是不是破了一個大洞？她拿出筆記本寫：

要不就是大家的腦袋都差不多，要不就是大家的腦袋都不太一樣，只是長得都很像。不知道腦袋裡面跟腦袋外面長得一不一樣。我在想，有些人的腦袋，比方長鼻子的人的腦袋好了，他們的腦袋裡是不是也有長鼻子這個部分。我的鼻子很短。或許那就是本來應該放數學的地方。

她合上筆記本，回頭繼續努力做數學。數字在她眼前游來游去。她瞄了一眼嘉麗小姐的一張大照片，照片中的她露出一口牙齒。

看見媽媽走進來，海莉抬起頭。

「寶貝，你好嗎？在工作嗎？」

「沒，在讀書。」

「你在讀什麼？」

「數學。」海莉做出痛苦的表情。

威爾許太太走進房間，靠在海莉的椅子上。「真好玩，寶貝。數學一直是我在學校最喜歡的科目。」

看吧看吧，海莉心想。嘉麗小姐就不會這樣說。她總是說：「數學是給那些只想把什麼都統統數清楚的人讀的。可是，真正影響世界的人，是那些想搞清楚自己在**數什麼**的人。」算了，管它的。要是紙上那些奇怪的小符號對她不再像天書就好了。

「你看，寶貝，很簡單的。我示範給你看。」

海莉坐在椅子上扭來扭去。他們可以一直示範、一直示範、一直示範，但還是一點差別也沒有。

威爾許太太拉過椅子，興高采烈的坐下來。她很快就陶醉在眼前的數學題目裡，完全把海莉忘在一邊。海莉看著她計算，確定媽媽已經渾然忘我之後，她拿出筆記本，開始寫：

我媽有棕色眼睛和棕色頭髮。她的手常常扭來扭去。她看近的東西會皺起眉頭。我爸也是棕色眼睛，不過頭髮是黑的。我不知道我媽喜歡數學。如果早知道她喜歡數學，我會覺得很好笑。數學實在讓我受不了。

威爾許太太面帶微笑抬起頭。「好啦，」她得意的說：「這樣你懂了嗎？」

海莉點點頭。這樣回答比較好，因為媽媽就不會繼續跟她討論。

「好，去洗洗手，然後就可以下來吃晚飯了。」

「我可以跟你們一起吃？」

「可以，寶貝。我們今天晚上比較早吃。你爸累壞了，我也倦了。」

「捐了什麼？」

「倦了……是一種說法，意思就是累了。」她走下樓。

海莉在筆記本上寫：

倦了。想一想。

那天晚上上床之後，海莉偷看了很久的書，因為沒人想到要來拿走她的手電筒，以前都是嘉麗小姐在做這件事。

他們讓我讀一整晚的書，海莉心想。當她關上手電筒，合上書，把書放上床頭櫃之後，心裡覺得難過又失落。

隔天早上醒來時，海莉覺得自己整夜都夢到嘉麗小姐。她還沒下床就先拿起筆記本。

不知道你夢到某個人的時候，那個人會不會也夢到你。

她躺在床上想了一會兒，然後突然想起今天是耶誕慶典選角色的日子。她想準時到校，要不然一定會分到很爛的角色。去年她因為遲到，結果就得當綿羊。

雖然趕時間，但每天早上的例行公事她都沒跳過。她很喜歡每天做一樣的事，所以以前嘉麗小姐都會留意她有沒有穿跟前一天同樣的衣服去上學。天啊，她怎麼記得住那麼多事！但嘉麗小姐總是記得所有的事。

吃完早餐，海莉草草寫了一些筆記，記下她對天氣、廚子、爸爸的領帶等等的評語之後，她拿了書，就走路去上學了。看見好多人湧入校門口，她又停下來寫了一些筆記。大家都擠過來問她：「你在寫什麼？」海莉聽了只是狡黠的笑一笑，故意吊人胃口。

海莉做事一向動作俐落，而且都有固定的方法。每次她都會在紙上龍飛鳳舞簽上自己的名字。她很愛簽名，喜歡寫東西也是因為喜歡簽名。她正要在頁面上方簽下自己的名字，就又想起今天是討論耶誕慶典的日子。

艾爾森小姐走進教室，全班站起來說：「艾爾森小姐早。」艾爾森小姐回禮說：「各位同學早。」然後大家都坐下來，你打我，我拍你。

小波丟給海莉一張紙條，上面寫著：我聽說有個節目是跳海盜舞。咱們想辦法搶到這個，如果一定要表演的話。

海莉回他說：一定要表演吧，不然學校會把你趕出去。

小波又回她：我缺乏耶誕精神。

海莉回他：只好用裝的了。

艾爾森小姐站在教室中間，叫全班安靜。沒人甩她，所以她用板擦敲了敲黑板，結果揚起一團粉筆灰，害她打了個噴嚏，全班哄堂大笑。她板起臉，瞪著中間走道的某個地方看了很久。這招每次都有效。

「好了，各位同學。」全班安靜下來之後她說：「今天我們要來籌劃耶誕慶典。首先，先請同學們針對今年想表演的節目提出一些建議。我想，我不需要特別解釋這天對我們的意義。在場的同學，可能只有一位還不太清楚。」

穿紫色襪子的男生看起來很窘。

「簡單來說，耶誕慶典是我們跟家長呈現今年的學習成果的機會。好，現在大家可以舉手提意見。」

小波馬上舉起手：「海盜怎麼樣？」

「可以列入考慮，我會寫下來。不過我聽說四年級也要表演海盜。下一個。」

瑪麗安・霍桑站起來。海莉和小波用痛苦的表情互看一眼。瑪麗安說：「艾爾森小姐，我認為我們應該表演特洛伊戰爭①，把場面弄得很盛大，這樣就能把今年的學習成果呈現在大家面前。」她說完後坐下。

艾爾森小姐面露微笑。「瑪麗安，這個點子很好，我一定會寫下來。」海莉、小波和珍妮發出不以為然的聲音。珍妮站起來說：「艾爾森小姐，您不認為打造一匹特洛伊木馬有相當的難度嗎，更何況是把全班都塞進去？」

「我不認為我們會走那麼寫實的路線，珍妮。反正現在還在討論階段，所以進一步討論細節之前，我們先聽聽其他意見。我不知道我們分到的時間可以做出多盛大的場面。不過，我想我應該先提醒你們，六年級的表演節目是跳舞，所以我們今年不演戲。半個鐘頭之後，我們要到體育館跟舞蹈老師蓓芮小姐討論我們要跳的舞，然後道奇小姐會幫你們量舞衣的尺寸。你們都很清楚，題目選定之後，大家就要一起編舞。不過，以往都是蓓芮小姐決定主題，今年你們可以自己選。」

「士兵！」小波大喊。

「照順序來，賽門。我會一個一個問，每個人都有機會。」艾爾森小姐開始點名：「凱莉？」凱莉站起來，說她認為可以選季爾德醫師和班凱西醫師②當作主題來編舞。艾爾森小姐把她的提議寫下來。大家開始交頭接耳，拉人壯大聲勢。

「珍妮？」

①譯註：古希臘聯軍攻打特洛伊城的戰爭。特洛伊人將希臘軍隊打造的木馬當作戰利品帶回，不知裡頭躲著伏兵，希臘軍隊藉此攻破特洛伊城，因此又稱「木馬屠城記」。

②譯註：兩個人物分別出自兩部六〇年代以醫院為題材的美國影集。

「我認為以居禮夫婦發現鐳當作主題一定很棒。班上同學可以扮成微粒子，我跟小波演居禮夫人和居禮先生。」

「貝絲？」

貝絲害怕的瞄了瑪麗安一眼，瑪麗安猛傳紙條，對她展開強力轟炸。最後貝絲小聲的說：「我覺得我們應該扮成耶誕大餐的各種食物。」

「瑪麗安？」

瑪麗安站起來故作正經的說：「我覺得貝絲的提議非常好，我也認為我們應該扮成耶誕大餐。」

「瑞秋？」

瑞秋站起來：「我贊成瑪麗安和貝絲的意見，我認為那是很棒的提議。」

「蘿拉？」

蘿拉非常害羞，隨時隨地都在對人傻笑，好像有人要揍她似的。「我也認為這個提議很好。」她顫抖著說，然後就感激的癱在椅子上。

「彼得？」

穿紫色襪子的男生站起來，不假思索的說：「沒什麼不好，反正扮成耶誕大餐或其他東西對我都差不多。」

「賽門？」

小波看看海莉。海莉知道那個眼神是什麼意思，她逐漸意識到同一件事——他們被包圍了。他們應該團結起來的，但現在太遲了。再過不久，他們就會分派到內臟肉汁之類的角色。

小波站起來：「為什麼我們不選瑪麗安一開始提議的特洛伊戰爭？我寧可扮成士兵，也不要扮成胡蘿蔔跟豌豆。」

算你厲害，海莉心想。或許瑪麗安會投自己的提議一票。小波真聰明，她想。

「海莉。」

「我認為小波說得很對。」她坐下來時，剛好攔截到瑪麗安的凶狠目光。喔喔，她識破我們的詭計了。

「品基？」

品基是最後一個。小波拿鉛筆往他的臉上丟。一開始海莉不知道為什麼他要這麼做。後來她看見品基看看小波，然後站起來哀怨的說：「我贊成海莉和賽門的提議。」

喔，三個人對抗全世界，海莉心想。可惜珍妮太快說出居禮夫婦的提議。

全班開始投票。還沒開始投，他們就知道自己輸了。

艾爾森小姐說：「我認為這個點子很棒。現在我們可以去找蓓芮小姐討論，看我們要扮演耶誕大餐中的哪些角色，之後你們就可以回家編舞了。現在，大家都到體育館集合吧。」

除了瑪麗安和瑞秋以外，全班看起來都很不高興。所有人都站起來，排成一列跟著艾爾森小姐走出教室、下樓梯、切過中庭，走進體育館。迎面而來的是一幅混亂嘈雜的景象。

看來全校的人都聚集在體育館。從低年級到快要畢業的高年級女生，高矮胖瘦都有。

蓓芮小姐失控似的尖聲大叫。道奇小姐量尺寸的速度快到好像會從窗戶飛出去。她頭上的髮夾掉下來，眼鏡也歪一邊，雙手在一個又一個腰、一個又一個臀部上咻咻繞圈。蓓芮小姐的緊身運動服看起來都鬆了。

小波著急得左右張望。「我這輩子從來沒那麼害怕過。看看那些女生。」他開始往品基和穿紫色襪子的男生那頭慢慢移動。

海莉抓住他的衣領。「你待在這裡不要動。要是發生什麼事，我們要有伴才行。」她衝著他的臉說。小波緊張得直冒汗，但還是乖乖待在海莉旁邊。

「各位同學，六年級的請到這邊來。」艾爾森小姐激動的比著手勢。

瑪麗安來回張望，高傲的看著沒有馬上動作的同學。她總是這麼雞婆，讓人以為她是艾爾森小姐的替身。

「快過來，海莉！」她霸道的喊。海莉腦中突然浮現瑪麗安長大的樣子——除了高一點、瘦一點之外，跟現在根本沒有兩樣。

「她敢惹我試試看。」小波把手插進口袋，球鞋緊巴著地板，一副死也不肯走的樣子。

「賽門。」艾爾森小姐語氣嚴厲的說，小波整個人跳起來。「賽門、海莉、珍妮，過來。」三人走過去。「在這裡等，待會就輪到我們跟蓓芮小姐討論了。我不想再聽到嘰嘰喳喳說話的聲音。這裡面鬧烘烘的，已經讓人很受不了了。」

「可不是嗎？」瑪麗安用假聲說。

海莉心想，瑪麗安長大之後一定會常打橋牌。

品基一副快昏倒的樣子。他急急跑向艾爾森小姐，在她耳邊說了些話，然後就跑出去了。

小波哈哈笑。體育館裡沒有男廁。

「還以為他永遠不會走。」珍妮說。這句話是從她媽那裡學來的。

海莉看見貝絲兩眼呆滯看著前方。海莉總覺得貝絲她媽住在精神病院，因為威爾許太太曾經說：「那個可憐的孩子，她母親一年到頭都在比亞里茨③。」

「好了，各位同學，輪到我們了。」他們不情不願的走過去，好像犯人。海莉覺得自己像約克軍曹④。

蓓芮小姐跟平常一樣歇斯底里，頭髮紮成一小束馬尾，好像在把兩隻眼睛往後拉。她激動的注視著他們。「六年級，對，六年級，我看看。你們決定主題了嗎？怎麼樣？決定用什麼主題？」

瑪麗安當然自動代表全班發言。「我們決定扮成耶誕大餐。」她開心的說。

「很好，很好，我來看看。蔬菜先好了。蔬菜愈多愈好……」小波往門口衝去，艾爾森小姐揪著他的耳朵把他拉回來。品基回來了。蓓芮小姐轉頭面向他，陶醉的說：「你來扮演芹菜相當適合。」

「什麼？」品基呆呆的問。

「而你……」她指著海莉：「就來當洋蔥。」

太過分了。「我拒絕！我絕對不要當洋蔥。」海莉堅守立場。她聽見小波在後面小聲替她加油。每個人都轉過頭來看她，她的耳朵愈來愈紅。這是她第一次真正拒絕做一件事。

「老天啊。」蓓芮小姐的表情好像她會隨時奪門而出。

「海莉，你是怎麼回事？洋蔥是很美的東西，你有沒有認真看過一顆洋蔥？」艾爾森小

③譯註：法國西南部的城市。海莉誤以為是精神病院，因為她媽媽說貝絲是「可憐的孩子」。

④譯註：第一次世界大戰期間的美國戰爭英雄。

姐愈來愈跟現實脫節。

「我就是不要。」

「海莉，夠了，別再那麼任性。你就是洋蔥。」

「我不是。」

「海莉，你鬧夠了沒？」

「不要就是不要。我退出。」

小波拉著她的袖子，著急的湊近她耳邊說：「你不能退出啦，這是學校耶。」但已經太遲了。周圍爆出哄堂大笑，連膽小的貝絲都笑到不行。海莉覺得臉頰好燙。

蓓芮小姐好像突然活過來一樣。「各位同學，我們把每樣食材從生命的開端到成為桌上的佳餚，從頭到尾呈現出來，我想這樣一定很棒。蔬菜要再多一點才行。你，就是你……」她指著珍妮說：「你是南瓜。還有你……」這次是貝絲。「你是豌豆。」貝絲好像快哭出來了。「你們兩個……」她指著瑪麗安和瑞秋，「可以當肉汁。」

聽到這裡，海莉、小波和珍妮笑得人仰馬翻，艾爾森小姐還得出面制止他們，蓓芮小姐才能接下去說。

「我不知道這有什麼好笑。肉汁是一定不能少的。你……」她指指小波，「還有你……」又指指品基，「你們兩個是火雞。」

「為什麼偏偏……」小波才剛開口就被艾爾森小姐噓聲制止。

蓓芮小姐指定穿紫色襪子的男生當一碗蔓越莓之後，就轉向全班說：「現在，所有的蔬菜，聽我說。」蓓芮小姐像芭蕾舞者一樣擺好腳，穩穩站好。海莉提醒自己要記得記下來。

她發現蓓芮小姐都穿那種很實穿的鼠灰色平底鞋，連在街上也是，而且每雙都舊到不行，中間的絆帶扭曲變形。

「……我要你們去感覺……盡你們最大的努力去感覺……感覺有天早上醒來，自己就變成了你們扮演的蔬菜，上天賜給我們的珍貴蔬菜。你們安臥在土壤裡，感覺到萬物生長的熱力和神奇力量，接著奮力鑽出泥土、拔高、破土而出，一點一點體驗生命誕生的奇蹟，等待著那神聖的一刻，那一刻你們將會……」

「被吃掉。」海莉偷偷對小波說。

「……你們最核心的、無比美麗的自我，徹徹底底綻放，發出萬丈光芒。」蓓芮小姐兩眼發直，眼神呆滯，一手往外伸，指著天窗，半邊馬尾掉下來，蓋住耳朵。她保持這個姿勢靜止不動。

艾爾森小姐咳了幾聲，那是種「情況已經完全失控」的咳嗽聲。

蓓芮小姐突然跳起來，一副剛下地鐵、分不清東西南北的模樣。她難為情的乾笑一聲，然後繼續接著說：「我們從這些小蔬菜最幼嫩的萌芽時刻開始，因為各位同學，你們知道這支舞是有故事的，一個美妙的故事。」她顫巍巍笑了幾聲，好讓大家知道她還在那裡。「故事就從孕育生命的那一刻開始，就跟所有的故事一樣。」她喜孜孜的環顧四周。艾爾森小姐臉色發白。

「這個故事呢，當然是從農夫開始——」

「嘿，我想當農夫！」小波大喊。

「跟老師講話不可以說『嘿』。」艾爾森小姐漸漸失去耐心。

「哦，可是農夫由高年級女生擔任，畢竟農夫一定要比蔬菜高啊。蔬菜都很矮。」蓓芮小姐對於自己還得解釋這點，感到很不耐煩。小波厭惡的把頭別開。

「再來——某個美好的早晨，這個農夫走到田裡，這時候植物都已經破土而出，熱情張開雙臂，期待收成的時刻來臨。農夫走進來的時候，你們像等著播種的種子一樣堆在角落裡。你們就一團一團躺在那裡，像這樣……」蓓芮小姐突然啪一聲倒在地上，像一堆丟在地上的舊衣服。

「走吧，我們解散，她不見了。」小波轉身要走。

「蓓芮小姐，我想大家都知道怎麼擺姿勢了。」艾爾森小姐大聲說。蓓芮小姐轉過頭打量說話的人，剛好看見艾爾森小姐擺出一臉不以為然的神情。她從地上爬起來。

「好了，各位同學。」她突然精神一振。「我希望你們可以開始自己編舞，下一堂舞蹈課我再來看看你們的成果。」蓓芮小姐跟剛剛判若兩人，所有學生都目瞪口呆看著她。

「現在請帶隊去那邊量尺寸。」她說完就轉過身。一切發生得太快，艾爾森小姐愣了一下，才開始把學生趕往量尺寸的角落。大家都轉過頭好奇的打量蓓芮小姐，只見她站在那裡，腳丫子平貼著地板，下巴抬得高高的，一臉委屈。

量尺寸的地方看起來像正在舉行跳樓大拍賣的百貨商場，好多布料在空中飛來飛去。

小波害怕得整個人縮起來。「天啊，我真的會死在這一關。」

量尺寸很無聊。海莉記得去年排隊排好久，他們的腳痠得要命，手忙腳亂的道奇小姐滿頭大汗幫學生量尺寸，而且很可能在你身上插滿別針。

「有一天，」珍妮說：「我要帶玻璃瓶來這裡，把這個地方炸得衝上天。」

他們三個人悶悶不樂的站在那裡看著漫天飛舞的布料。

「要怎麼練習當洋蔥？」海莉轉頭去看蓓芮小姐，她又像一堆破布倒在地上。看來每支舞都差不多。

小波露出邪惡的眼神。「輪到我量尺寸的時候，我一定會拚命尖叫。」

輪到珍妮了。「好了，又要去做沒意義的事了。」她大聲說。道奇小姐戴著眼鏡的一雙大眼睛眨了眨，她把手上的捲尺一甩，從嘴裡吐出幾根大頭針。

8 羅賓森夫婦的大手筆

隔天踏上偵察路線時，海莉決定先去看看羅賓森夫婦，因為前一天她看見有個很大的箱子寄到他們家，她等不及要看看那裡面是什麼東西。羅賓森夫婦每次買東西之前都很神經質，這次已經持續了一個禮拜，海莉推測一定是大手筆。

她偷偷溜到窗前，看到箱子了，就擺在客廳的正中間。她納悶他們是怎麼把東西搬進來的，後來發現箱子剛剛好進得了門，兩邊還有一點點空隙。羅賓森太太欣喜若狂的繞著箱子跑來跑去。羅賓森先生用一隻腳跳上跳下。快遞員正在拆箱子。

「至高無上的傑作。」羅賓森先生說。

「喜悅，多麼大的喜悅。」羅賓森太太說，又跑完一圈。

「等他們……」

「想像到時候他們會……」

兩人興奮到說不出話來。快遞員不理他們，鎮定的做他的事，劈劈啪啪拆箱，終於露出前面的隔板。海莉屏住呼吸。前面的隔板拿掉了，但只看見一堆木屑。海莉心想，什麼怪東西嘛。但羅賓森夫婦已經沉不住氣，直接跳上去把快遞員推開，瘋狂的撥開木屑。

「你瞧！你瞧！」羅賓森太太尖叫。出現在眼前的是海莉看過最奇怪的東西。那是一個很大很大的木頭雕像（有一個大人那麼高），雕的是個身體胖胖的、臉臭臭的、不是很可愛的嬰兒。它頭上戴著軟帽，身穿寬大的白色衣服，還有嬰兒襪。它的頭很圓，而且是用那種砧板木頭雕刻成的，所以看起來很像一個雕得很漂亮的樓梯欄杆柱，只是上面刻了一張臉。嬰兒包著尿布，呈坐姿，兩隻腳直直往前伸，肥肥的胳膊彎進更肥的手掌，手裡竟然握著一個母親模樣的小雕像。海莉看呆了。

羅賓森太太按著胸口，讚嘆的說：「她真是個天才。」

連快遞員也看不下去了。他不再壓抑心中的疑問，開口問：「你說誰？」

「當然是雕刻家啊。她太了不起了……真有才華……她是天上的一顆璀璨明星。」

「是嗎？這是一個女士做的？」快遞員驚訝的問。

「如果你好了的話……」羅賓森先生高高在上的說。

「喔，是的，我只要把垃圾搬出去就好了。你們想要把她……它放哪裡？」

「親愛的，我還是覺得門口後面的角落不錯，這樣就不會一下子就映入視線。之後客人坐在沙發上，它就會變成整個房間的矚目焦點。」

「應該是吧，好。」快遞員抓起一大把木屑塞進箱子。

「請你行行好，直接搬過去，不用發表意見。」羅賓森先生氣呼呼的說。

嬰兒雕像於是被移到角落裡，箱子則讓咧著嘴笑的快遞員帶走。

海莉離開的時候，羅賓森夫婦手牽著手怔怔看著雕像，開心得說不出話。

回到街上之後，她在筆記本上寫：

嘉麗小姐說得沒錯。世界上有多少人，就有多少種生活方式。不過她要是聽到這個超級巨嬰的事，也會覺得不可思議吧——啊，我忘了！

她停住，看著前方。

當一個人離開了，你就會想跟他們說一些事。如果一個人死了，那大概是最悲慘的事。因為你還是會想跟他們說之後發生的事。嘉麗小姐沒有死。

海莉大力合上本子，隱隱覺得憤怒。然後她站起來，走向德桑提家。前面的店面沒什麼事，所以她溜到後頭偷看小喬科里。

他就像一個指揮官，面前部署了一大批餵飽海軍陸戰隊一個禮拜都沒問題的食物，正開心的大嚼特嚼。海莉心想，不知道那些小孩來過了沒。店裡的電話突然響起。小喬一臉心虛，急忙把東西藏起來以防萬一。這時候，前面的店面響起一聲令人血液凝結的尖叫聲。小喬嚇了一大跳，有塊麵包從他嘴裡掉下來。海莉飛也似的衝到前面。

德桑提太太躺在布魯諾懷中，像要暈過去，但還是像個垂死的歌劇女伶一樣發出淒厲尖叫。「啊，他死了……什麼都完了……上帝……老天……」

「沒有，媽媽，只是車禍……」布魯諾說，無助的看著德桑提先生。德桑提先生正掛上電話。

「死了，沒命了，車子撞爛，看吧……天啊……我可憐的兒子……」然後德桑提太太就暈過去了。

龐大的身體往布魯諾的懷裡一沉，布魯諾一副就快撐不住的模樣，德桑提先生趕緊衝過去幫他，一邊說：「媽媽，媽媽，貨車沒撞爛，法比歐也沒有，不過就是撞到頭而已，等他回來……擋泥板，只有擋泥板撞爛了。」

德桑提太太馬上醒過來，開始瘋狂揮舞著雙臂在店裡跑來跑去，用義大利文大喊大叫。顧客像冷凍食品一樣僵在原地。她一直跑來跑去、跑來跑去，累積到一定的動能之後，便整個人衝向儲藏室，剛好撞見小喬嘴裡塞了一整條小黃瓜。

「天啊……想把我氣死，背著我們偷吃……」她一手抱起全部的食物，然後捏著小喬的耳朵又衝回店面。全家人看得目瞪口呆。顧客又活了過來，開始慢慢往門口移動，感覺到這個場面可能太刺激了。

「媽媽，媽媽，冷靜……」德桑提先生一看見小喬偷吃的證據，開始罵出一長串讓人聽了很害怕的字眼。

「可是，爸爸！」布魯諾拉開嗓門，好讓他們聽見。「法比歐人呢？他受傷了嗎？他在醫院嗎？」

「他？他沒事，當然沒事。他能有什麼事？出事的是**貨車**！貨車撞爛了。」德桑提先生吃力的把話說完，然後回頭繼續教訓小喬：「你被開除了。我們不是開餐廳！」

這時，前門突然叮叮咚咚響，然後啪一聲關上。大家轉過頭，看見法比歐站在那裡，全場頓時鴉雀無聲。他的額頭上貼了小小一片藥膏。

「我的兒啊！」德桑提太太邊喊邊衝向他。「你受傷了！爸爸，他受傷了，你看，他受傷了。」她激動的撲向兒子，力道之大，差點把法比歐往後推去撞門。

「我沒事，真的沒事，媽媽。」他笑著說。德桑提太太直起身體，仔仔細細打量了法比歐一會兒，然後往他頭上打下去。「你爸爸白手起家，好不容易買了那輛貨車，他拚了命工作，不像你！他**拚了命**的工作，你懂嗎？」

全家人都驚呆了，海莉也是。法比歐滿臉通紅，眼淚湧上眼眶。

「媽媽……」他說。

「不要媽媽來媽媽去，你不是我兒子……不是我兒子……」她舉起一根指頭對著天花板。「從今天……以後……」

「媽媽，」德桑提先生插話：「別這樣。先別衝動，等一等。聽聽這小子有什麼話好說。」

海莉的好奇心整個被挑起來。

法比歐感激的瞥了他父親一眼。他一臉困窘，手在口袋裡翻來翻去，最後終於找到一根放了很久、已經變形的香菸。他把菸放進嘴裡。菸破破爛爛掛在他嘴上。

也許他沒有叼根菸就不會說話，海莉猜想。

全家人都看著法比歐。他抱歉的低下頭，然後用低沉的聲音說：「我本來想晚一點再告訴你們。我……爸爸……」他抬起頭，用悲傷的眼神看著父親。「我沒辦法，實在沒辦法。我就是不想做雜貨店這一行。不是你的錯，只是……整天窩在店裡……這不適合我……所以我……」他深呼吸一口氣。「我去找了別的工作。」

「你說什麼？」德桑提夫婦不約而同的開口。

「我找了別的工作，只不過……這份工作需要用到車……我是推銷員。」他看起來很害怕，海莉覺得。

「哦，哦，哦……」德桑提先生一臉錯愕。接著，他臉上浮現一個大大的笑容。

「兒子你……你在工作？」德桑提太太看起來好像又會昏倒。

「是的，媽媽。」看著父親，法比歐笑了。「我在工作。」

「聖母瑪利亞……」德桑提太太又昏過去，布魯諾接住她。

德桑提先生發出一連串驚呼，然後伸出手用力拍法比歐的——海莉覺得是——背。其他人都圍過去，只有小喬例外。他趁這個機會又偷吃了一塊藍紋起司。

海莉躡手躡腳走回街上，坐下來寫：

我的天啊，比電影還精采。這結局未免太歡樂，我簡直不敢相信我的眼睛。我敢說，那個法比歐跟平常一樣不安好心。等一下，他沒說他是什麼東西的推銷員。真想知道他在賣什麼東西。明天我得回來看看小喬科里會怎麼樣。

海莉走去海瑞森．魏斯家，從天窗看下去。海瑞森．魏斯坐在工作台前，但沒在工作，只是望著窗外發呆，臉上的表情是海莉看過最悲傷的表情。她盯著他看了很久，但他半根指頭都沒動一下。

海莉移到另一扇天窗，眼前的詭異景象差點讓她昏倒。她看見一個空蕩蕩的房間，觸目所及一隻貓也沒有。她跑回去海瑞森．魏斯所在的房間再次確認。沒有。連廚房裡也沒有。

她蹲坐在天窗上。他們逮到他了，她心想。終於還是逮到他了。海莉又靠上前再看一次他的臉。看了很久之後，她坐下來在筆記本上寫：

我到死都不會忘記那張臉。人失去東西的時候，臉上都會出現那種表情嗎？我不是指失去手電筒之類的東西。我是說，人失去的時候都會像那個樣子嗎？

9 練習當洋蔥

海莉覺得很不開心，那天的偵察工作因此草草結束。晚上吃完飯後，她試著練習當一顆洋蔥。她摔到地上好多次，每次都發出很大的碰撞聲。她的目標是要倒在地上，然後像洋蔥一樣滾啊滾，接著再繞著圈圈滾很多圈，最後慢慢停下來，就像放在桌上的洋蔥一樣。滾來滾去時，她不小心撞到一把椅子，把椅子撞翻。

威爾許太太走到門口，低頭看見海莉躺在地上，一把椅子壓在她身上。「你在幹什麼？」她和藹的問。

「當一顆洋蔥啊。」

威爾許太太把海莉身上的椅子拿開。海莉還是躺著不動。她累了。

「我聽到的乒乒乓乓聲是什麼聲音？」

「我不是說了嗎，我在當一顆洋蔥。」

「好吵的洋蔥。」

「沒辦法啊，我還在練。蓓芮小姐說，如果我做對了，應該不會發出聲音。」

「哦，是耶誕慶典的表演節目……對吧？」

「你不會覺得是我自己想當一顆洋蔥吧？」

「別跟我耍嘴皮。小姑娘，站起來，做給我看看。」

海莉站起來又跌到地上，接著在地上滾過來滾過去，突然間又從床底下滾出來，身上沾滿了灰塵。

威爾許太太一臉震驚。「那個糟糕的女傭，明天我要開除她。」她轉頭去看海莉。海莉又站起來準備再跌一次。「這是我看過最難看的舞。是蓓芮小姐指定你們跳的？」

「蓓芮小姐指定我當洋蔥，舞是我自己編的。」海莉加重語氣說。

「哦。」威爾許太太謹慎的說。

海莉又倒下去，這次幾乎一路滾到浴室。

威爾許先生走進房間。「這裡是怎麼回事？聽起來像有人在打沙包。」

「她在當一顆洋蔥。」

他們站在那裡看著海莉一次又一次倒在地上。

威爾許先生把菸斗放進嘴裡，雙臂交叉抱在胸前。「根據史坦尼斯拉夫斯基*的理論，你必須覺得自己就是一顆洋蔥。你有覺得自己是一顆洋蔥嗎？」

「完全沒有。」海莉說。

「別鬧了。現在學校都教些什麼啊！」威爾許太太忍不住笑了。

「不，我說真的。現在這一刻，全校的人說不定都在地上滾來滾去。」

*譯註：史坦尼斯拉夫斯基（Konstantin Stanislavsky, 1863-1938），俄國戲劇理論家，主張演員要徹底融入角色。

「我根本不想當洋蔥。」海莉躺在地上說。

「那很好啊。你想想，現在專門為洋蔥寫的角色有幾個？」威爾許先生哈哈笑，「我當然不會覺得你想當洋蔥，不過，話說回來，誰又知道洋蔥想不想？」

威爾許太太聽了發笑。「你那麼聰明，換你來學洋蔥掉在地上試試看哪。」

「好啊。」威爾許先生說。他把菸斗放下，一屁股倒在地上，地板隨之搖晃。

「天啊，親愛的！你有沒有受傷？」

威爾許先生平躺在地上。「沒有，」他平靜的說：「不過實際做起來沒有看起來那麼簡單。」他躺在地上調整呼吸。海莉又倒在地上，好跟爸爸作伴。

「親愛的，你為什麼不起來呢？」威爾許太太低頭看威爾許先生，一臉擔憂。

「我在努力感覺自己是一顆洋蔥。我最多只能想像自己是青蔥。」

海莉試著感覺自己是洋蔥，不知不覺緊緊閉起眼睛，用雙手抱住身體，彎起膝蓋，然後滾動起來。

「我的天啊，海莉，你不舒服嗎？」威爾許太太跑向她。

海莉在房間裡滾來滾去。這樣當一顆洋蔥還不賴嘛。她撞到躺在地上的爸爸，威爾許先生哈哈大笑。海莉想笑他，但這樣就沒辦法繼續把臉皺成一團。

威爾許先生開始認真當起一顆洋蔥，在地上滾來滾去。海莉突然從地上跳起來，在筆記本上寫：

我很好奇，當桌子，或椅子，或浴缸，或另一個人是什麼感覺。不知道嘉麗小姐會怎麼

說。嘉麗小姐長得像有牙齒的鳥，但我覺得我真的長得有點像洋蔥。希望她能回來。

海莉寫得很投入，完全忘了爸媽的存在。當她終於合上筆記本，把頭抬起來的時候，他們用很奇怪的眼神看著她。

「寶貝，你在做什麼？」威爾許太太故作輕鬆的問。

「寫筆記啊。」海莉開始覺得緊張。爸媽看她的眼神好怪。

「哦。我們可以看嗎？」

「不行！」海莉差點尖叫，接著又壓低聲音說：「當然不行，這是祕密。」

「喔。」威爾許先生的表情有點受傷。

他們是怎麼了？海莉心想。兩個人一直盯著她不放。

「是學校要你們寫的嗎，寶貝？」威爾許太太問。

「不是。」海莉更加緊張。他們為什麼要一直盯著她看？

「我有點累了，親愛的，我想去睡了。」威爾許太太對丈夫說。

「嗯，我也是。」威爾許先生拿起菸斗。

他們為什麼這個樣子？海莉納悶。他們覺得我做的事很奇怪。嘉麗小姐從來不會這樣。爸媽親她臉頰、跟她道晚安的方式似乎有點悲傷。他們走出去之後，海莉拿起筆記本，正要開始寫就聽見爸爸在樓梯上說：「小聲點。」媽媽說：「我覺得我連自己的小孩都不認得了。」威爾許先生回答：「現在嘉麗小姐走了，我們要多多了解她。」

海莉覺得很困惑。她寫下：

他們為什麼不說出心裡的感覺？嘉麗小姐說：不管什麼時候，都要把心裡真正的感受說出來。沒有什麼比誤解更讓人覺得受傷。我受傷了嗎？我沒有受傷的感覺，只是覺得整個好奇怪。

上床睡覺的時候，她甚至覺得更奇怪了。

隔天走路去上學的時候，海莉還是覺得很不開心。她走進校門時，小波和珍妮跑過來說，他們下午打算一起練舞，問海莉要不要一起去珍妮家練習。她說好，但口氣很差，小波跟珍妮都瞪大眼睛看著她。接著，海莉重重吐出一口氣，說：「別理我。」他們的眼睛瞪得更大。海莉繼續往學校裡走，回過頭大聲對他們說：「我當完偵探就去找你們。」兩人什麼都沒說，只是盯著她看。

那天下午，海莉決定再去龐太太家試試運氣，雖然她知道這麼做的風險很大。她等到龐家的女傭離開廚房才衝進小電梯，心臟跳得好大聲，她很確定別人一定也聽得到。她小心翼翼拉起繩子，一開始很順利，但正當她抵達起居室那層樓的時候，小電梯突然吱一聲。聲音超大，她坐在裡面嚇壞了，完全不敢呼吸。後來她聽見說話聲。

「不可能……不可能啊……」龐太太的聲音從一堆枕頭裡傳來，微弱的聲音之中充滿了恐懼。

「娜汀！」龐太太尖聲呼喚女傭：「娜汀！」令人發毛的叫喊聲愈來愈弱。

「來了，太太。」海莉看見女傭一本正經站在床邊。龐太太坐起來，看起來像一隻臃腫的老鷹。「娜汀……這是不可能的……不可能啊啊啊……」然後又啪一聲倒回床上，消失在粉紅色的枕頭堆裡。

「是醫生的吩咐，太太。」

枕頭堆裡傳出聲音：「不能……下床……」細小的聲音消失片刻。「下……半……輩子……都是……」接著響起哀號聲。

啊喔，海莉心裡很激動，又不知為什麼有點同情龐太太。她的確想要待在床上啊。

她稍微挪動身體，好在筆記本上寫：

難道嘉麗小姐說對了，得到你想要的東西反而會很慘？我想當作家，但如果當上作家之後我反而不快樂，那我會很想撞牆。為什麼有些人就是不把事情想清楚？

就在這個時候，龐太太氣惱的大叫一聲。

「什麼？那是什麼？」

海莉從電梯門上的裂縫看出去，發現她們兩個人都直直看著她。她嚇得張大嘴巴，說不出話。被逮到了！她覺得周圍的一切都像照片一樣瞬間靜止。

「沒有啊，太太。」

但她們當然看不到她，因為她們的視線無法穿門而過。

「這房間有怪東西！我聽到摩擦聲，也許是老鼠……」

「我不覺得。」娜汀大步走向小電梯，一把拉開門。一看見海莉，她整個人跳起來，放聲大叫。

海莉開始拉繩子，但娜汀很快恢復鎮定，馬上把正要開始動的升降梯停住。「你，出來！」她嚴厲的說，硬把海莉拉出來。海莉掛在娜汀的手臂上騰空飛出小電梯，最後縮成一團落在她腳邊。

「那是什麼？」龐太太尖聲質問。

「是個小孩，太太。」娜汀抓著海莉的運動服連帽。

「出去……出去……把她弄出去……我今天真夠倒楣了……現在又冒出一個小孩，衰到家了！」說完龐太太又倒回枕頭堆裡。

娜汀把海莉抓起來拉出房門，推下樓梯。海莉的腳雖然無助的懸在半空中，腦袋也害怕的快速轉動，但她們下樓時她還是在心裡記下了一些屋內的擺設。「快走！」娜汀把她推出大門。「終於擺脫你了。還有，別再讓我逮到你。」

海莉回頭看。娜汀對她使了個眼色，她覺得可笑，就開始拔腿狂奔，一直跑到家門前才停下來。她坐在門廊上喘了很久。這是我當偵探三年以來第一次被抓，她心想。呼吸終於平穩下來之後，她打開筆記本。

身為偵探——無論如何都不該被抓！這是第一要件。我是個爛偵探。當然了，我怎會知道她會突然發神經？可是這也不是理由。我就知道，我就知道進去那裡太危險了。

她坐在那裡，心灰意冷的看著公園。當她盯著黑壓壓的樹木看時，一滴眼淚從臉頰滾落。她寫下：

要是嘉麗小姐在，就會對這件事發表意見。還有昨天晚上的洋蔥事件。

她用力合上筆記本，突然覺得很不開心。她決定去珍妮家練習，雖然現在她一點都不想在地上滾來滾去。

到了珍妮家，她發現品基和凱莉也在那裡。她走去找珍妮，在她耳邊說：「那個人在這裡幹嘛？我今天也夠倒楣了，現在又冒出這傢伙，衰到家了。」

「我也沒辦法。」珍妮抱歉的說：「小波和品基是火雞的兩條腿，凱莉是身體，他們三個人得一起練習才行。」

「喔……」海莉突然很想使壞，「**我不喜歡**。」

珍妮用詭異的眼神看她。「你不喜歡是什麼意思？」

「就是不喜歡，如此而已。」海莉故作神祕的說，然後就走掉了。幾分鐘後，她看見珍妮用氣炸了的眼神看她，但有可能是因為海莉差點滾到實驗桌底下。珍妮平躺在地上，假裝成一顆果肉很多的南瓜，而且身體時不時就會彈一下，好像南瓜被煮熟了一樣。

「好糟。」海莉刻薄的說。

「你說什麼？」躺在地上的珍妮問。

「你看起來像在打嗝。」

小波跟品基兩人撐著雙手倒立，站在彎腰弓背的凱莉左右兩邊。他們聽到海莉的評語都笑得人仰馬翻。

「小波，我不知道你在笑什麼。你看起來也很可笑。」海莉突然覺得心情壞透了。

小波張大眼睛看著她，然後說：「那你在地上滾來滾去看起來又怎麼樣？」

「我看起來就像一顆洋蔥！」海莉大叫，接著整個人徹底失控，好像隨時會像小孩一樣嚎啕大哭。她爬起來跑向門口。衝下樓時，她聽見小波說：「她是吃錯什麼藥？」

珍妮說：「她今天不知道哪根筋不對。」

海莉一路跑回家，然後奔回房間，撲到床上大哭一場。

那天晚上她作了很可怕的噩夢。她夢到嘉麗小姐在地上滾來滾去，像烏鴉一樣呱呱叫。她一直攻擊海莉，海莉只好逃跑。嘉麗小姐的眼睛是很亮的藍色，外圍一圈紅色。她的臉上突然長出黑色羽毛，還有很大的黃色鳥嘴，嘴裡還有牙齒。海莉在夢中大聲尖叫。她在睡夢中一定叫得很大聲，因為媽媽進來房間抱著她，直到她又睡著。

隔天早上上學之前，海莉在筆記本上寫：

一定有不好的事要發生了。我有預感。每次我作噩夢，都會很想離家出走。然後我就有預感，有什麼不好的事要發生了。而且，這是我從以前到現在作過最可怕的噩夢。

10 筆記本失竊記

那天放學後，大家心情都很不錯，因為天氣轉晴，像春天一樣晴朗和煦。全班都在戶外閒晃，他們以前從沒做過這種事。小波突然說：「嘿，我們去公園玩鬼抓人好不好？」

海莉的偵察行動已經晚了，但她打算只玩一回合就走。大家都覺得小波的提議很棒，所以全班就排成一列過馬路走到公園。

他們玩的鬼抓人遊戲並不複雜，海莉覺得其實還滿蠢的。大家繞著圈圈跑來跑去，把自己搞得很累，然後當「鬼」的人要跑去把其他人手上的書打下來。他們玩了一遍又一遍。貝絲因為跑到沒力，馬上就被淘汰出局。最強的是小波，他幾乎把每個人手上的書都打下來，除了瑞秋和海莉。

小波跑了一圈，然後又一圈，速度非常快，突然間就把海莉手上的幾本書打下來。瑞秋努力把他趕走，海莉拚命往前跑，然後用最快的速度朝著市長公館跑過去。瑞秋跑在她後面，小波緊跟在後。

他們三個人沿著河流一直跑。跑到草地上時，小波倒在草地上。他沒在後面追就不好玩了，所以瑞秋和海莉也停下來，等他再站起來。接著，小波用迅雷不及掩耳的速度抓到了她們兩個。

瑞秋的書全都掉到地上，海莉的也掉了一些。他們把書撿起來，走回去跟其他人會合。

突然間，海莉發出驚慌失措的尖叫聲。「我的筆記本呢？」他們開始幫她找，卻怎麼找都找不到。海莉突然想起他們跑遠之前，她就有一些東西被打下來，所以她趕緊跑回去找其他人。她一直跑一直跑，一路上瘋狂的鬼吼鬼叫。

終於跑回一開始玩遊戲的地方，海莉看見全班圍坐在一張長椅周圍，聽著珍妮念出筆記本上的內容，貝絲、品基、凱莉、瑪麗安、蘿拉，還有穿紫色襪子的男生都在。

海莉跑過去的時候，發出的可怕尖叫聲照理說應該可以嚇到珍妮，讓她放下手上的筆記本。但珍妮沒那麼容易嚇到。她只是停止朗讀，平靜的抬起頭。其他人也抬起頭。海莉看著所有人的眼睛，突然開始覺得害怕。

他們一直盯著她看，那是海莉看過最邪惡的眼神。他們集結起來打成一個小小的結，不讓她靠近。接著，瑞秋和小波也回來了。瑪麗安強悍的說：「瑞秋，過來這邊。」瑞秋走過去，瑪麗安在她耳邊說了些悄悄話之後，瑞秋的臉上也出現了同樣的邪惡眼神。

珍妮說：「小波，過來這邊。」

「怎麼了？」小波問。

「我有事要告訴你。」珍妮加重語氣。

小波走過去，海莉的心一下子沉到谷底。「混帳！」海莉情緒有點激動。她雖然不知道「混帳」是什麼意思，但因為常聽爸爸這麼說，所以她知道這不是好話。

珍妮把筆記本傳給小波和瑞秋看，但眼睛一直沒離開海莉身上。「小波，你在第三十四頁；瑞秋，你在第十五頁。」她鎮定的說。

小波讀完之後就哭了。「小波，大聲念出來。」珍妮的語氣很嚴厲。

「我沒辦法。」小波摀住臉。

筆記本又傳回珍妮手上。珍妮用嚴肅的聲音念出來：

有時候我真受不了小波。他整天都在煩惱這個煩惱那個、替他爸爸擔心，有時候他很像個小老太婆。

小波轉過頭，背對海莉。即使只看到背影，海莉也看得出來他在哭。

「不公平！」海莉尖叫著說：「裡頭也有寫小波的好話啊。」

大家都靜止不動。珍妮用非常低沉的聲音說：「海莉，你去那邊等，我們要商量該怎麼處置你。」

海莉走到另一張長椅上坐下來。她聽不到其他人的聲音。他們開始七嘴八舌討論起來，還加上很多動作。小波一直背對著海莉，而珍妮緊盯著海莉不放，無論誰在說話都一樣。

海莉突然想到：我又不一定要坐在這裡。於是她站起來，以在這種情況下最有尊嚴的方式大步走開。其他人討論得正熱烈，甚至沒注意到她。

回到家，吃過蛋糕和牛奶之後，海莉評估了自己的處境。非常糟糕。她發現她從來沒有碰過這麼糟糕的處境，後來她決定不再去想這件事。天還沒黑她就跑去睡覺，而且一睡就睡到隔天早上。

威爾許太太以為海莉病了，對威爾許先生說：「也許我們應該請醫生來。」

「醫生都是混帳。」威爾許先生說，然後他們就走出去了，海莉繼續倒頭大睡。

公園裡，所有孩子坐在一起，大聲念出筆記本上寫的東西：

凱莉認為瑪麗安：

——很壞心

——數學很爛

——膝蓋長得很滑稽

——是一隻豬

還有：

瑪麗安如果不小心一點，長大就會變成女希特勒。

珍妮聽到這個差點笑出來，但下一個她就笑不出來了。

珍妮以為自己在騙誰？她真的覺得自己這輩子有可能變成科學家嗎？

珍妮臉上的表情好像被揍了一樣，小波同情的看著她。事實上，他們用意味深長的眼神互看了很久。

珍妮繼續往下念：

對付品基・懷特的方法：

1. 用水龍頭噴他。

2. 大力捏他耳朵直到他尖叫。

3. 把他的褲子扯下來，然後哈哈大笑。

品基很想拔腿就跑。他不安的東張西望，但海莉已經不見蹤影。

筆記本上提到了每一個人。

也許貝絲根本沒有爸媽。有次我問她，她媽叫什麼名字，她竟然想不起來。她說她只見過媽媽一次，所以不太記得。貝絲常常穿一些奇怪的衣服，像是橘色毛衣，而且每個禮拜有一天，會有一輛黑色大轎車來接她。

貝絲翻了翻白眼，沒說什麼。她從來不說什麼，所以這樣並不奇怪。

小波穿得這麼古里古怪，是因為他爸沒幫他買衣服。他媽把家裡的錢都拿走了。

小波又轉過頭，背對大家。

今天來了一個新同學，是男生。他有夠無聊的。沒人記得他的名字，所以我幫他取了個綽號叫「穿紫色襪子的男生」。想想看，他到底從哪裡弄來紫色的襪子？

穿紫色襪子的男生低頭看自己腳上的紫色襪子，忍不住笑了。

大家都轉頭去看他。凱莉大聲的問，聲音有點粗啞：「你到底叫什麼名字？」雖然現在大家都已經跟他很熟了。

「彼得。」他害羞的說。

「你為什麼每天穿紫色襪子？」珍妮問。

彼得害羞的笑，看著腳上的襪子說：「有一次我在馬戲團跟我媽走散，後來我媽說，如果我穿紫色襪子，她就不會找不到我了。」

「是喔。」珍妮說。

彼得似乎受到鼓舞，接著又說：「我媽本來還想叫我穿全身紫色，可是我死都不肯。」

「我不怪你。」珍妮說。

彼得點點頭，咧嘴笑。大家也對他笑，因為他缺了一顆牙，看起來滿滑稽的，而且他看起來人不壞，所以大家漸漸開始喜歡他。

他們繼續往下念：

艾爾森小姐的手肘後面有顆疣。

這個滿無聊的，所以他們跳過。

有次艾爾森小姐不注意的時候，我看見她在挖鼻孔。

這個好一點，但他們還是想看跟自己有關的內容。

凱莉・安德魯她媽的胸部是我看過最大的。

念完這句，氣氛變得非常緊繃。接著小波噗哧大笑，品基的耳朵紅通通。珍妮對凱莉露出凶悍又嚇人的笑容。凱莉一副想立刻躲到椅子下面的樣子。

長大以後我要找出所有事情的祕密，然後全部寫在一本書裡。這本書就叫《祕密》，作者是海莉・M・威爾許。裡頭要放照片，或許再放一些醫學圖表，如果我弄得到的話。

瑞秋站起來，說：「我得回家了。有沒有寫我的？」

他們翻了翻筆記本，終於找到她的名字。

我不確定我喜不喜歡瑞秋，還是我只是喜歡去她家，因為她媽媽會自己烤餅乾。如果我有一個社團，我不確定我會不會讓瑞秋加入。

「謝謝。」瑞秋客氣的說，然後就回家了。

蘿拉聽完最後一段也走了。

如果蘿拉再對我露出那種欠揍的笑容，我就要扁她一頓。

隔天早上，海莉進了教室之後，沒人跟她說話，大家甚至都不看她，好像根本沒人走進教室一樣。海莉坐下來，感覺身體好沉重。她看了看大家的桌子，但完全不見筆記本的蹤影。她看了看每一張臉，每張臉上都寫著一個神祕的計畫，而且都是一樣的計畫。他們要聯合起來對付她。我死定了，她沮喪的想。

這還不是最糟的。最糟糕的是，即使她知道不應該這麼做，上學途中她還是跑進文具店又買了一本筆記本。她忍耐著不在上面寫東西，但因為習慣太根深柢固，所以她不知不覺還是把筆記本從上衣外套裡拿出來，下一秒就在上面寫了一長串的字。

他們打算要整我。教室裡充滿了邪惡的眼神。我一定撐不過今天。說不定我會把番茄三明治吐出來。連小波和珍妮也不理我。我寫了珍妮什麼事？我想不起來了。算了。他們或許以為我是膽小鬼，但是偵探所受的訓練就是為了迎接這種挑戰。我準備好了，放馬過來吧。

海莉繼續塗塗寫寫，直到艾爾森小姐清清喉嚨，示意她已經走進教室。接著，全班像平常一樣站起來，鞠躬，說「艾爾森小姐早」，然後坐下。以往大家坐下來的時候總會你打我一掌、我戳你一下，海莉環顧四周，看看可以戳誰，但全班都繃著臉坐在位子上，好像這輩子從沒戳過人一樣。

海莉覺得這時候學嘉麗小姐引經據典一下會比較好受，所以她寫下：

天父之罪

這是聖經中除了最短的那一節**耶穌哭了**以外，她唯一記得的一句。

開始上課。當她在作業簿上方簽下**海莉・M・威爾許**的時候，暫時忘了所有的不開心。上課上到一半，海莉看見一小張紙條飄到她右邊的地上。啊哈，她心想，這些遜咖，現在就想和好了。她伸手去撿紙條，但有一隻手掠過她的鼻子前面，她才發現坐在她右邊的珍妮反手撿走了紙條，動作又快又準。

所以紙條不是傳給我的，原來如此，她心想。她看看傳紙條的凱莉。凱莉小心翼翼別過頭，甚至沒咯咯傻笑。

海莉在筆記本上寫：

凱莉的鼻子旁邊有一顆很醜的青春痘。

覺得好過一點之後，海莉重新打起精神對付作業。她肚子餓了，再過不久就可以吃番茄三明治了。她抬頭看艾爾森小姐。艾爾森小姐正看著瑪麗安，瑪麗安正在抓膝蓋。當海莉低頭看作業時，她突然瞥見有一抹白影從珍妮的上衣口袋露出來。是那張紙條！也許她可以神不知鬼不覺伸手去把紙條快速的拉出來。她一定要看看上面寫了什麼。

她看著自己一點一點偷偷伸長了手。凱莉有沒有發現？沒有。再過去一點，再一點，成功！到手了。珍妮顯然完全沒發現。快打開來看！她看看艾爾森小姐，但她像在夢遊一樣。海莉打開小紙條：

海莉・M・威爾許身上有怪味，你不覺得嗎？

不會吧！我身上真的有怪味嗎？什麼怪味？看來不妙。一定很不妙。海莉舉起手，離開教室走進廁所，把自己全身都聞過一遍，但聞不到什麼怪味。接著她洗了手和臉，正要走出廁所就又回頭把腳也洗了，以防萬一。哪有什麼怪味，他們在說什麼？總之，為了保險起見，現在他們只聞得到肥皂的味道了。

回到座位之後，她發現自己腳邊多了一張小紙條。啊，看這張紙條就會真相大白了，她心想。她很快採取動作，彷彿整個人往下掉，在還沒引起艾爾森小姐的注意之前就撿起紙條，然後迫不及待打開來看：

沒有什麼比看海莉・M・威爾許吃番茄三明治更讓我覺得噁心。——品基・懷特

這張紙條一定是沒丟好。品基坐在右邊，這張紙條是寫給坐海莉左邊的小波。番茄三明治哪裡噁心了？海莉感覺得到三明治在嘴巴裡的味道。他們瘋了嗎？那是世界上最棒的味道。一想到美乃滋，她就會流口水。那就像海莉的媽媽常說的，是一種體驗。怎麼可能讓人覺得噁心？品基•懷特才讓人覺得噁心。他那雙竹竿腿，還有脖子擺上擺下、好像脫離了身體的樣子才叫噁心。海莉在筆記本上寫：

他們會把我逼瘋。

她抬起頭時，看見瑪麗安往她的方向轉過來，清清楚楚看見瑪麗安對她吐舌頭，擺出一個醜斃了的鬼臉，眼睛擠在一起，兩根手指捏著眼皮往下一拉，好像要被人抬去醫院一樣。海莉很快瞥了艾爾森小姐一眼。艾爾森小姐正望著窗外發呆。海莉很快寫下：

那樣很不像瑪麗安。我不記得她做過任何不守規矩的事。

然後她聽到咯咯笑聲。她抬起頭，大家都看到了瑪麗安做的鬼臉，每個人都跟著瑪麗安嘻嘻笑，連小波和珍妮也不例外。艾爾森小姐轉過頭，大家馬上收起笑臉，低頭繼續寫作業。海莉埋頭寫下：

也許我可以跟媽媽討論轉學的事。我感覺得到，今天早上這間學校的每個人都瘋了。明

天我或許會帶火腿三明治來學校，但我還得想一想。

午餐鈴聲響起。全班不約而同從椅子上跳起來，爭先恐後擠出教室。海莉也跳了起來，但有三個人莫名其妙在她跳起來的時候撞到她。因為速度太快，她甚至沒看清楚是誰，但這一撞就把她撞到很後面，使她成了最後一個走出教室的人。大家一起往前跑，拿了餐盒就跑出去，等她走到更衣室的時候，大家都走了。海莉確實耽擱了一下，因為她得記下艾爾森小姐走去自然教室跟梅納小姐說話這件事，因為這是有史以來從沒有過的事。

當她拿起午餐盒時，感覺盒子很輕。她把手伸進裡面，發現裡面只剩下一團揉皺的紙。他們拿了她的番茄三明治。他們**拿了**她的番茄三明治。有人把它拿走了。海莉氣炸了。

這樣完全違反了校規。沒有人應該偷走別人的番茄三明治。她從四歲就開始讀這間學校，算一算有七年了。這七年以來，從來沒有人拿走她的番茄三明治。即使是她帶酸菜芥末三明治來學校的那六個月也沒有，甚至沒有人說要咬一口。有時候貝絲會把橄欖傳下去，跟大家一起分享，因為沒有其他人帶橄欖來，而帶橄欖又很時髦，但也不過就這樣而已。現在是午餐時間，海莉卻沒有東西可吃。

她驚慌失措。該怎麼辦？到處去問「有沒有人看見我的番茄三明治」很可笑，他們一定會嘲笑她。她要去找艾爾森小姐——不行，那樣海莉就會變成叛徒、抓耙仔、愛告狀的討厭鬼。可是她總不能餓肚子啊。最後她打電話回家，說她忘了帶午餐。廚子要她先回家，她會馬上重做一份番茄三明治。

海莉從學校走回家，吃了番茄三明治就又躲進被窩睡了一整天。她得好好想一想。她媽媽出門找人打橋牌了。海莉假裝生病，要病到廚子不忍心罵她，但又不能嚴重到讓廚子打電話叫她媽媽回來。她得想一想。

海莉躺在光線幽暗的房間裡，望著窗外公園的樹木。她觀察了一隻鳥，還有一個走路像醉漢的老人，看了好一會兒，心裡感覺到自己不斷想著「大家都討厭我，大家都討厭我」。

一開始她沒聽見，後來終於聽到了心裡的聲音。她說了好多次，好聽得更清楚。然後她慌慌張張抓起筆記本，用又粗又大的字寫下：

大家都討厭我。

她靠著枕頭想著這件事，又想了一下。吃蛋糕和牛奶的時間到了，她爬下床，穿著睡衣下樓吃點心。廚子跟她吵了起來，說她如果病了，就不能吃蛋糕和牛奶。

海莉感覺到豆大的滾燙淚水湧上眼眶，她開始大聲尖叫。

廚子平靜的說：「要不你就去上學，然後回家吃蛋糕和牛奶；要不就是生病在家，但是不能吃蛋糕和牛奶，因為生病的時候吃這些不好。無論如何，你都不能整天躺在床上無所事事，還跟我要蛋糕和牛奶吃。」

「這是我聽過最不合理的事！」海莉大吼。她扯著喉嚨大喊大叫，突然間她聽到自己一次又一次的說：「我討厭你，我討厭你，我討厭你！」即使如此，她知道自己其實並不討厭廚子，甚至還滿喜歡她的，但那一刻她就是覺得自己討厭她。

廚子轉身背對她。海莉聽到她嘀咕著：「你啊，不管是誰你都討厭。」

她受夠了。海莉跑回房間。她哪有誰都討厭。她沒有。是大家都討厭她。她砰一聲衝進房門，撲上床，把臉埋進枕頭裡。

哭累了以後，她躺在床上看著公園裡的樹。她看見一隻鳥就開始討厭起那隻鳥。她看見那個喝醉的老人，也開始討厭起那個老人，還差點因此摔下床。接著，她想起班上同學，開始一個一個討厭起他們所有人：凱莉、瑪麗安、瑞秋、貝絲、蘿拉、品基、穿紫色襪子的轉學生，甚至連小波和珍妮也是——他們兩個尤其討厭。

她就是討厭他們。我恨他們！海莉心想，然後拿起筆記本：

我長大以後要當偵探。我要去一個國家，挖出那個國家的所有祕密。然後再去另外一個國家，把祕密告訴他們，然後挖出他們的祕密，再回到第一個國家洩漏第二個國家的祕密，然後再到第二個國家洩漏第一個國家的祕密。我會成為有史以來最厲害的偵探。我會知道世界上所有的事。所有的事。

她打起瞌睡時還在想，這樣大家看到我就會害怕。

海莉總共病了三天。也就是說，她在床上躺了三天。她媽媽帶她去看熟悉又親切的家庭醫生。他原本是個會到府看病的家庭醫生，但現在不這麼做了。有一次他激動的跟海莉的媽媽說：「我喜歡我的辦公室，所以我打算待在裡面。我為了這間辦公室付了那麼高的租金，只要離開五分鐘，我的小孩就少了一年的學費。我決定再也不出去看病了。」那一刻起他就真的不出去替人看病了。海莉滿佩服他這麼做，但他的聽診器好冰。

幫海莉從頭到尾檢查過後，家庭醫生對她媽媽說：「這孩子全身上下都沒有問題。」

海莉的媽媽不高興的瞪她一眼，然後就把她趕到外面。海莉關上門時，剛好聽到醫生說：「我想我知道她是怎麼回事。凱莉跟我們說了事情的經過，跟一本筆記本有關。」

海莉突然頓住。「對了，」她大聲對自己說，「他是安德魯醫生，所以他是凱莉·安德魯的爸爸。」

她拿出筆記本寫下來。然後又補上：

真不知道他為什麼不幫凱莉治療鼻子上的痘痘。

「走了，小姐，我們回家。」海莉的媽媽抓起她的手，她看起來好像要把海莉拖回家宰了一樣。結果並沒有。回到家後，威爾許太太乾脆俐落的說：「好了，偵探海莉，到書房來跟我談一談。」

海莉拖著沉重的腳步跟著媽媽。她希望自己是貝絲，從沒見過自己的媽媽。

「海莉，我聽說你在記錄每個同學的身家資料。」

「什麼資料？」海莉已經打算一概否認，但這個她倒是從沒聽過。

「你有一本筆記本吧？」

「筆記本？」

「難道沒有嗎？」

「所以呢？」

「回答我的問題，海莉。」事情嚴重了。

「有。」

「你在筆記本上寫了什麼？」

「什麼都寫。」

「哪一方面的事？」

「就……各種事啊。」

「海莉．威爾許，好好回答我的問題。你寫了同學什麼事？」

「就……呃，一些事……一些好事……還有……不太好的事。」

「你的朋友看到了？」

「對。可是他們不該看的，那是我的私人物品。封面上明明寫著**私人物品**四個字。」

「無論如何他們都看到了，對吧？」

「對。」

「然後發生了什麼事呢？」

「沒事。」

「沒事？」

威爾許太太一臉懷疑。

「呃……我的番茄三明治不見了。」

「你不覺得或許是那些不好的事惹他們生氣？」

海莉想了想，好像腦海裡從沒出現過這個念頭。「也許吧，但他們不應該看我的筆記本。那是私人財產。」

「海莉，那不是重點。總之他們**已經**看了。你想，他們為什麼會生氣？」

「我不知道。」

「這……」威爾許太太似乎在掙扎要不要說出她最終會說出的話。「如果你看到那些筆記，你會有什麼感覺？」

沉默。海莉低頭看腳。

「海莉？」她媽媽在等她回答。

「我又覺得身體不舒服了，我想回房間睡覺。」

「寶貝，你沒有生病。只要想一下就好：換成是你，你會有什麼感覺？」

海莉哭了出來。她撲進媽媽的懷裡，大哭特哭。「我覺得很糟，很糟很糟。」她只說得出這句話。

威爾許太太一直抱她親她。媽媽愈抱她，海莉就覺得好一點。爸爸回家時，媽媽仍然把她抱在懷裡。爸爸也抱了她，即使他還不知道發生了什麼事。之後他們吃完晚餐，海莉就上床睡覺了。

睡前她在筆記本上寫：

這一切都很好，可是那跟我的筆記本無關。只有嘉麗小姐懂我的筆記本。我永遠都要有自己的筆記本。我要在上面寫下所有的事，發生在我身上的每一件事。

她心情平靜的睡著了。隔天早上她醒來第一件事就是拿起筆記本，快速記下：

今天早上醒來的時候，我真希望自己已經死了。

寫下這句話之後，她爬下床，穿上跟昨天一樣的衣服。下樓之前，她想到自己的房間位在閣樓。她寫下：

他們之所以把我放在這個房間，是因為他們覺得我是女巫。

即使這麼寫，她心裡很清楚爸媽根本沒有這種想法。她合上筆記本，跑三段樓梯下樓，像被大砲噴射出去似的一路衝進廚房，跟廚子撞在一起，撞翻了她手上的一杯水。

「看看你做了什麼好事，冒失鬼。幹嘛跑那麼快？如果你是我的小孩，我會給你一巴掌。等著瞧好了，我說不定真的會。」廚子氣急敗壞數落了一大串。

但海莉已經又跑上樓進入飯廳，遠離廚子伸手可及的範圍。她只是下來從廚子手裡搶走一片土司，這樣就不用坐在飯廳裡等。她跺著腳走到餐桌前，然後啪一聲坐下。她媽媽看了看她。

「海莉，你還沒洗臉。還有，你那身衣服非常眼熟，上去換別套。」威爾許太太明快俐落的說。

海莉跑開了。她乒乒乓乓跑過拼花地板，然後喀喀碰碰爬上鋪了地毯的樓梯，一路跑進她的小浴室。站在洗手台前面洗手的時候，有一瞬間她突然覺得好累。

陽光從小窗戶灑進來，看下去就是公園和河流。海莉看呆了，突然掉進白日夢裡。她拿著肥皂在手上抹了又抹，感覺溫水沖著手指，一面看著窗外的一艘拖船。黃色船身，紅色煙囪，在河面上穩穩前進，後面拖著V形的白色泡沫，不斷翻騰，直到消失。

樓下發出叮叮咚咚的鈴聲，她媽媽朝著樓上喊：「海莉，上學要遲到了！」海莉猛然回過神，看見手中的肥皂變成了一團糊狀。她很快把肥皂沖乾淨就飛奔下樓，邊跑邊俐落的把手在衣服上擦乾。

威爾許先生坐在桌前看報，威爾許太太也在看報。

廚子搖搖擺擺走進來，邊發牢騷：「今天早上差點沒把我嚇死。有天她會殺了我們。」沒人聽她說話。她幫海莉端上培根、蛋、土司和牛奶時，還狠狠瞪她一眼。

海莉很快把所有食物吞下肚，然後滑下椅子，走到玄關，爸媽甚至都沒放下報紙。她抓起書和筆記本奪門而出時，聽見報紙的沙沙聲，還有媽媽的聲音：「海莉？你上過廁所了嗎？」海莉隔著距離拉著長音說「沒——有」，聲音像呼呼吹的風，然後就飛奔出門，跑下台階。

出了家門，海莉馬上放慢速度，左右張望。我幹嘛跑那麼快，她心想。只要走過兩條又半條街就到了。她每天都很早到校。她在東大道和八十六街交叉口轉彎，越過公園，爬上小山丘，在晨光下走上河邊的空地，最後在河邊的長椅上一屁股坐下。河面反射的陽光讓她瞇起眼睛。她打開筆記本寫：

有時候那個家真教我受不了。我得列出讓自己好過一點的方法：

1. 不要再跑去撞廚子。
2. 把每一件事都記在這本筆記本上。
3. 絕絕對對不要讓任何人看到。
4. 想辦法更早起床，這樣我就可以利用早上上學前的這段時間，完成更多偵察工作。我的腦袋不怎麼靈光，這世界上要知道的事又那麼多，最好把所有的空閒時間都拿來偵察。

就在這個時候，海莉感覺到有人大力敲了一下她的肩膀。她立刻抬起頭，發現是瑞秋。她站在那裡透過眼鏡瞇著眼看海莉。海莉也瞇起眼睛看回去。

「又在寫筆記本，是嗎？」瑞秋說這句話的口氣很不友善。她兩腳分開穩穩站著，瞇起眼睛。

「所以呢？」海莉的聲音有點顫抖，但她馬上穩住陣腳。「是又怎麼樣?你想怎樣？」

瑞秋一臉神祕。「你等著瞧，以後你就知道，偵探海莉。」她以一腳為支點，慢慢轉了一個圈，然後又穩穩站住，瞇起眼睛。一束陽光映照在瑞秋的眼鏡鏡片上，所以海莉看不見她的眼睛。

海莉覺得有必要嚇嚇瑞秋。海莉慢慢滑下長椅，上前兩步，幾乎跟瑞秋鼻子碰鼻子。「瑞秋‧海納西，你給我說清楚，剛剛那句話是什麼意思？」

瑞秋緊張起來，海莉乘勝追擊：「你知道嗎，瑞秋，你的光說不練是出了名的，你自己也知道吧？」

瑞秋一臉震驚。她雖然堅守立場，卻沉默不語。海莉只從她突然泛出淚光的眼睛，看出了她的害怕。

「你們所有人……你們最好別再這樣對待我，不然……不然……你們會死得很難看！」海莉發現自己被抬起來時，已經太遲了。她兩隻手臂在空中亂揮亂打。

不知道是什麼激怒了瑞秋。也許最後一句話讓她發現，海莉雖然在她面前大小聲，心裡其實很害怕。總之，放開海莉之後，瑞秋開始發出恐怖的笑聲，一邊笑一邊往後退。她一直笑一直退，直到做好準備開溜的姿勢才說：「不，你不會的。你錯了。我們有我們的計畫。會死得很難看的人是你。我們有我們的計畫……**計畫**……」她拔腿就跑，拚了命往前跑，腳抬得好高，幾乎踢到格紋裙腰後的蝴蝶結，聲音在她身後迴盪。

海莉站在原地看著一片寂靜。她撿起筆記本，然後又放下來，抬頭望著河流。陽光減弱了，待會可能會下雨。她又拿起筆記本。

計畫。情況很不妙。他們是來真的。這表示他們躲起來討論事情，不讓我知道。他們會殺了我嗎？這是我最後一眼看見卡舒爾公園嗎？明天這張長椅上會什麼也不剩嗎？這世界上會有人記得海莉．M．威爾許嗎？

她僵硬的站起來，慢慢走向學校。在下雨前的黯淡光線下，所有東西看起來都一片慘綠。連角落那個鼻子長得很可笑的「好心情冰淇淋」小販都悶悶不樂。他拿出一條藍色的大手帕擤鼻子。那一幕太令人悲傷，海莉不得不轉過頭。

校門口很熱鬧，擠滿聒噪的學生。她很想等到大家都進去，再一個人平靜的走進去，踏上走廊，就像走向刑場的死囚。但如果這樣就會遲到，最後她只好跑進學校。

11 全班公敵

那天下午，雨水打在數學課教室的窗戶上，像一陣春雨。海莉正埋頭寫著：

他們一定在搞什麼鬼。小波一整天帶著一個工具箱。凱莉的毛衣口袋裡裝滿了鐵釘。他們一定是要蓋什麼東西，不然就是要把我抓起來，然後拿鐵釘敲進我的腦袋。

她抬頭四顧，看看所有人，然後繼續寫：

大家都在說悄悄話。沒半個人跟我說話。午餐時間我得自己一個人吃番茄三明治，因為每次我一在他們旁邊坐下來，大家就會站起來走開。後來我懶得再動，就乾脆坐在那裡把三明治吃掉。

海莉又看看四周。

這些人一定有什麼問題。瑞秋一直用可怕的眼神盯著我看。我去上廁所的時候，他們不知道我在裡面，所以我偷聽到凱莉跟瑞秋說，她放學之後不能直接去瑞秋家，因為她得先回家拿旗杆。他們拿旗杆做什麼？他們甚至連旗子都沒有。他們打算把我的頭插在旗杆上嗎？以前我在一本書上看過有人這麼做。放學後我最好去調查看看他們在做什麼。我知道怎麼從後院的籬笆走去瑞秋家。他們一定在搞鬼。

數學課很無聊，海莉利用這段時間思考對策。下課鐘聲終於響起，放學了。大家都站起來衝出教室，海莉也跟在後面，覺得有點可笑。所有人都跑出去之後，就開始往瑞秋家前進，只有凱莉先回自己家。海莉覺得很尷尬。她躲在門口等到大家都走光，後來雨停了，太陽出來了。她知道她應該馬上跟過去才對，可是吃蛋糕和牛奶的時間到了。她又在原地站了一分鐘，內心交戰，最後還是敗給了習慣。

海莉轉身回家，用最快的速度往前跑。她可以很快解決下午點心，然後再偷偷溜進瑞秋家。樹木從她眼前掠過，然後是她家的前門，然後是下樓到廚房的樓梯，接著「砰！」，她又跟廚子撞個滿懷。

「我受夠了！再來一次我就不幹了。你為什麼走路就不能好好看路？難道我們要在門上裝紅綠燈嗎？你比街上那些新聞採訪車還糟糕……」廚子嘰哩呱啦沒完沒了，然後把蛋糕和牛奶放在桌上。海莉拿出筆記本寫：

廚子真的很吵。或許我們可以找一個安靜一點的廚子。我甚至聽不到自己想事情的聲

音。**我得擬定計畫，可是在這之前，我得先知道他們的計畫才行。我最好動作快。**

她啪一聲合上筆記本。廚子跳起來。

「老天啊，你為什麼做什麼事都要發出那麼大的聲音？合上一本書是再簡單不過的一件事，沒必要發出像原子彈爆炸那麼大的聲音……」她又開始嘰哩呱啦沒完沒了，聲音一直跟著海莉飄上樓到她房間。海莉打算換上偵探服。

不過在這之前她先去上廁所，因為早上沒上。她一邊上廁所，一邊在筆記本上寫：

我愛我自己。

之後她站起來，換上偵探服。一切都準備好之後，她跑下樓，衝出門，啪一聲甩上門。瑞秋住在八十五街的一樓老公寓裡。家裡只有她跟媽媽，爸爸不知道跑去哪裡了。她家後面有一個大院子，海莉剛好知道怎麼從其他人家的院子溜進瑞秋家的院子。

在約克大道和八十五街的交叉口上，有一棟即將拆除的破舊建築。在這棟荒廢的老建築跟另一棟新建築之間，有一條聚集了很多野貓的小巷子。很多老婆婆會來餵野貓，甚至還幫貓做了幾間簡易的貓屋，所以這些貓屋前面放了很多鮪魚罐頭，看起來就像是給貓咪住的海邊度假小屋。

海莉看四周沒人，就趕緊爬上小巷旁某戶人家的鐵欄杆。一隻獨眼貓瞪著她看。她啪一聲著地，獨眼貓齜牙咧嘴叫了一聲就退回去。

她跑到小巷後方，身上的工具鏗鏘作響。她爬上圍牆，從圍牆上可以看見往前延伸的一戶戶院子。瑞秋家是這邊過去的第四間。她希望房子裡的人不會看見她，就算看見也會閉上嘴巴。她開始爬過一家又一家圍牆，跑過一個又一個院子，最後終於爬到瑞秋家院子邊的圍牆。她從縫隙裡幾乎可以看到、聽到屋裡發生的所有事。她聽見了他們的聲音。他們語氣興奮，吆喝來吆喝去。海莉看見一塊大木板立了起來。

「品基，你怎麼那麼笨。這塊木板應該放這裡，不是那裡。」說話的人顯然是凱莉。

接著，海莉看到了那根旗杆。雖然滿短的，不過卻是貨真價實的旗杆。在旗杆頂端，映著藍天飄揚的是一雙紫色的襪子。

海莉張大眼睛看那雙襪子。有種模糊的感覺慢慢滲進她的心裡。起初她不知道那是什麼感覺，後來她的心跳開始加快，她才知道那是恐懼。那雙襪子讓她覺得害怕。如果她能知道他們在做什麼，說不定就不會覺得害怕。

「你這個笨蛋！」凱莉對品基說。

「沒有水平儀我要怎麼蓋東西？」小波對著大家說。

海莉找到一個小洞，從洞裡看進去才發現，他們正在蓋一棟房子！太不可思議了，但她不可能看錯。大家都拿著工具和木板跑來跑去，有個類似房子的東西就出現在她眼前。房子當然東倒西歪。事實上，它的兩面後牆就是圍牆的一角，而且看起來好像會把圍牆給壓垮，但無論如何確實是一棟房子。

負責指揮的人是小波。他用不耐煩的聲音分配大家工作。凱莉似乎是他的助手。除了三片新木板以外，其他都是從五斗櫃上拆下來的老舊木板。那三片新木板跟其他木板很不搭。

這個時候，品基又劈開了兩把椅子。海莉貼牆貼得更近，好看個清楚。

那個畫面很滑稽。凱莉站在小波前面，扯著嗓門對他大吼大叫，雖然她的嘴巴就在他耳朵旁邊。小波正在把木板釘在一起。蘿拉、瑪麗安和瑞秋傻呼呼的跑來跑去，什麼都不會。瑞秋想釘釘子，結果敲到了自己的手指。兩個人試了一會兒就懶得再試，於是就在海莉躲的地方附近聊起天來。有根杆子掉在珍妮頭上，後來珍妮也跑過來加入聊天的陣容。

「她知道之後會難過死。」

「她活該，可惡的傢伙。」

「哈哈，她一定會很嫉妒我們。」

「反正她是個自大狂。」珍妮說，揉揉自己的頭。

海莉聽得一頭霧水。誰？他們在說誰？她看過去，發現貝絲自己一個人蹲在角落裡。她在做什麼？看起來像在一塊老舊的木板上畫畫。畫畫確實是貝絲的強項。但海莉仔細一看，發現貝絲不是在畫畫，而是非常吃力的在板子上寫字。

就在這個時候，後門打開，瑞秋的媽媽喊：「孩子們，蛋糕烤好了，進來吃吧。」

自己烤的蛋糕。難怪。難怪他們選在瑞秋家的後院。雖然不是每個人的家裡都有院子，可是珍妮和貝絲家都有。貝絲說不定連橄欖都不會拿出來請大家吃。海莉有天去她家玩，因為無聊就打開冰箱看。裡頭除了一罐美乃滋、一罐泡在橄欖油裡的朝鮮薊心和脫脂牛奶之外，就沒別的了。貝絲也跟她一樣，覺得冰箱裡的東西太少，還說她常常覺得肚子餓，因為她的保母在減肥，她奶奶又常出去吃飯。

圍牆另一邊亂成一團，大家都跑向後門爭先恐後擠進屋裡。海莉覺得很孤單，也有點餓。

她站在那裡想了一下，然後就從剛剛來的路線折回去。回到小巷子之後，她發現有七隻貓坐在那裡看著她，其中一隻沒有眼睛，每一隻看起來都病懨懨。

海莉爬過鐵欄杆，又回到街上，然後在最近的門階上坐下來，寫下她看到的一切。寫完之後她坐在原地想了一會兒，然後打開筆記本，從後面撕下一張空白頁。她不想讓人認出她的字，所以就用左手寫字：

海納西太太你好：

那些小孩都很討厭瑞秋，他們只是為了吃你做的蛋糕才去你家。還有，他們把你家的後院弄得亂七八糟，還做出妨害安寧的事。

一個朋友留

海莉偷偷觀察四周，沒人看見她。她先把筆記本藏好，然後快速走向瑞秋家的前門。她爬上台階，把那張紙丟進瑞秋家的信箱，心臟怦怦跳得好快。她很怕自己的心臟會跳出來，趕緊跑下台階，一路跑回東大道。她以前從沒做過這種事。會被警察逮捕嗎？電視上的人有時候會把紙條交給警察，但那通常是綁著石頭丟進窗戶的紙條，也許直接把紙條放進信箱就不會有事。

隔天早上，海莉匆匆忙忙走去學校。昨晚睡前她突然想到，或許他們昨天只是找不到機會邀她。或許只是一時疏忽罷了。雖然可能性很小，但比起漸漸在她腦海邊緣成形的可怕念頭，她寧可相信這個可能。

走進他們班的時候，海莉對蘿拉笑笑，蘿拉回看她的眼神好像眼前的人根本不存在。海莉心裡發毛。畢竟對方是蘿拉，她平常看到誰都笑，笑到你覺得也太多了一點。海莉坐下來，用很小的字在筆記本上寫：

不管發生什麼事，我都不會哭。

就在這個時候，珍妮丟出一個紙團，剛好打中海莉的臉。珍妮・吉伯斯？珍妮這輩子從來沒有丟過紙團。珍妮是不屑丟紙團的人，而現在她竟然拿紙團丟我？丟我？海莉想起以前讀過的一首詩，就把它寫在筆記本上：

假如人人都失去理智，怪罪於你，
而你還能保持冷靜……①

寫下來讓她覺得好過了些。艾爾森小姐走進教室，大家站起來跟老師道早安。這也讓她覺得好過一些。世界畢竟還是會照常運轉，每天早上同樣的事還是會發生，所以就算他們不喜歡她，**那又怎樣？**她會繼續照常生活。她是海莉・M・威爾許，今後也要繼續當海莉・

①譯註：英國小說家吉卜齡（Joseph Rudyard Kipling, 1865-1936）的詩〈假如〉。

M‧威爾許，這才是最重要的事。她選了一頁空白頁，在最上面簽名，海莉‧M‧威爾許這幾個字看起來很厲害又令人安心。

就在她看著自己的簽名，臉上帶著一絲絲滿意的笑容時，發生了一件事。瑞秋拿著一瓶墨水經過海莉的座位。因為發生得太快，她根本搞不清楚是怎麼回事，只感覺到瑞秋倒向她，接著，一條快速擴散、流動的藍色墨水飛向海莉，從眼前消失片刻，然後又繼續往她身上飛濺。海莉一臉驚駭看著墨水整個灑在她的衣服上，從胸前流下來，甚至蔓延到腿上，流進她的鞋子和襪子裡。

瑞秋驚慌失措的呼喊：「艾爾森小姐，天啊，艾爾森小姐，怎麼辦！」那聲音不像她的聲音，聽起來根本像她媽媽的聲音。所有同學都跳起來，艾爾森小姐跑過來。海莉沮喪的坐在座位上，全身都是藍色。她接住了墨水瓶，所以現在手掌和手臂上也都是藍墨水。她只要一動，手臂就會把墨水甩到所有人身上，品基的白色襯衫和艾爾森小姐的鼻子都遭了殃。

大家都往後退，艾爾森小姐說：「天啊，海莉！」好像是海莉的錯似的。海莉覺得全身溼答答，整個人泡在藍色墨水裡無法動彈。

「好了，親愛的，也沒那麼嚴重。你只要馬上跑回家，洗個澡，換套衣服就好了，還可以來得及回來上數學課。瑞秋，你太不小心了。小波，快去廁所拿些衛生紙。品基，你跟小波一起去，把整卷衛生紙都拿過來。我的老天啊，真是一團亂，可不是嗎？」

大家手忙腳亂收拾殘局。奇怪的是，艾爾森小姐在看的時候，瑞秋、蘿拉、品基、珍妮、瑪麗安這些人都對海莉很好，扶她離開座位，不斷安慰她。但艾爾森小姐一走去門口跟品基拿衛生紙，瑪麗安就把剩下的墨水倒在海莉背上。海莉轉過身，往瑪麗安的臉上揮了一拳，把瑪麗安的整張臉變成藍色。

「海莉，別這樣，我們不應該把自己碰到的麻煩事怪到別人頭上。這不是待人處事的方法。瑞秋絕對不是故意的，瑪麗安也跟這件事無關。這只是個意外。我相信瑞秋一定覺得很抱歉。」

「是的，艾爾森小姐，我非常抱歉。」瑞秋趕緊大聲附和。

「那就對了。看到了嗎，海莉？當別人傷害了我們，他們事後都會覺得抱歉，所以我們要儘快原諒他們，讓他們好過一點。」艾爾森小姐上氣不接下氣的說。

瑞秋在艾爾森小姐的背後笑到不行，所以當艾爾森小姐轉過身，伸出藍色的手去把瑞秋拉向海莉時，她差點就露出馬腳。「好了，瑞秋很清楚自己不是故意的，你也應該要知道這一點，海莉。」海莉用鋼鐵般的冷酷眼神瞪著瑞秋，瑞秋露出天使般的笑容。

「我非常抱歉，海莉。我一定是絆到了，實在非常抱歉。」她的眼睛閃閃發光，海莉看得出來她隨時都會笑倒在地上，停不下來。海莉用不屑的眼神瞥她一眼，然後低頭看自己染成藍色的腿。品基和小波正一人負責一邊，幫她擦掉腿上的藍色墨水，艾爾森小姐則是努力把她衣服上的墨水擠進一個小杯子裡。

突然間，海莉再也忍無可忍。她抓起筆記本，把所有人甩開，把墨水噴到所有人身上。她奪門而出。跑下寬敞的樓梯時，還聽得到教室裡一陣混亂和模糊的叫喊聲，她的腳踩著浸了墨水的鞋子噗滋噗滋響。學校警衛伸出手要制止她，結果他的眼睛也被潑到墨水。到了街上，海莉跑得更快，因為路上的人都在看她。「我是大街上的藍色怪物，」她邊想邊轉進八十六街，跑回家裡。

走進家門時，她身上還是滴滴答答，所以她知道自己一定會在地毯上留下印子，但她不在乎了。重點是要在任何人看見她之前上樓回房間。終於進到房間之後，她飛快跑進浴室，鎖上門，然後開始拚命剝掉身上的衣服。這時候，眼淚終於湧上眼眶，像小刀片一樣扎人，滾下她的臉頰。她開始放熱水，淚眼模糊到幾乎看不見水龍頭。

有人敲門，廚子的聲音傳了進來：「怎麼回事？你這時候回家做什麼？你在洗澡嗎？」

「對。」海莉鎮定下來，努力回答廚子的問題。

「該上學的時候跑回家洗澡幹什麼？你媽不在家，我要拿你怎麼辦？」

「他們叫我回家洗澡。沒關係。你走開。」

「你叫誰走開啊？沒大沒小的。哪裡沒關係了？我從沒聽說過有哪個小孩大白天從學校跑回家洗澡。」

「那你現在聽說了。是老師叫我回家的。」

濃得化不開的沉默——「這樣啊……」海莉幾乎聽得到廚子在思考的聲音。最後她問：「你沒受傷吧？」

海莉嘆著氣說：「沒有，我沒受傷。」又一陣沉默，然後海莉說：「我可以在家裡吃午餐嗎？」

「今天早上你已經帶番茄三明治去學校了。」

「我忘在學校了。」

「這個家的工作未免也太多了。洗完澡就下樓來，我幫你另外做一份三明治。」

「番茄的！」海莉大喊。

開了。

「我知道，除了番茄還是番茄。這輩子不用再看到番茄我會很高興。」說完她就慢慢走

海莉鬆了一口氣。她把一根腳趾放進水裡，馬上把整個浴缸染成藍色。然後她一點一點把身體泡進熱氣蒸騰的浴缸裡，在裡頭又低聲啜泣了好一會兒才開始洗澡。

隔天下午放學後，海莉又偷偷摸摸爬過圍牆去偷看瑞秋家。那天在學校沒發生其他事，除了午餐時間還是沒人跟她一起坐，也沒人跟她說話。她多少已經習慣了，可是她心想，就算不習慣，她又能怎樣。

她躲在瑞秋家的圍牆後面，發現他們那天吃完蛋糕之後，又完成了很多東西。小屋的整個結構都出來了，只剩下門口的一小部分還沒弄好。貝絲還在畫那個牌子。小波指揮大家從剩下的木板裡找出兩塊小木板，這樣就可以把門邊的縫隙補上去。瑞秋突然提高聲音說：「我媽昨天在信箱裡找到一張紙條。她說是某個怪人寫的，但我看了之後覺得應該是**那個偵探**在搞鬼。」

「上面寫了什麼？」凱莉問。

瑞秋強勢的說：「喔，很可笑，上面說沒人喜歡我，大家只是喜歡我媽做的蛋糕。」

短暫的沉默——

正在釘釘子的品基若有所思的說：「唔……你媽的蛋糕真的很好吃。」

海莉忍不住笑了。品基老是說一些蠢話。

珍妮說：「品基，拜託。」

瑪麗安說：「我敢說一定是她，因為她在那本本子上也這樣說瑞秋。」

瑞秋很快接下去說，當作什麼也沒聽見：「上面說了一大堆我們的壞話，看起來就像**她**寫的東西。我很確定是她。」

貝絲突然站起來，興奮的說：「好了，我完成了！」大家都跑過去，你一句我一句稱讚牌子畫得有多漂亮，她畫得有多好……等等。貝絲笑到合不攏嘴，好像她剛完成了西斯汀禮拜堂②似的。海莉心想，我敢打賭這是第一次有人當面稱讚她。

品基問：「字乾了嗎？」

「快乾了。」貝絲說。

小波彎下身，說：「如果我從邊邊拿起來，說不定就可以把牌子掛起來。只要把它釘在門上面就好了。」他拿起牌子走到另一邊。當他把牌子從一手換到另一手，想把它擺正時，牌子的正面剛好轉向海莉。她驚訝的發現上面寫著：

追捕偵探社

字寫得很醜，但貝絲還能寫出什麼樣的字？海莉砰一聲坐在溼答答的地面上。所以是她，他們討論的人就是她。她就是他們口中的**她**。她心想，多麼奇怪啊，把自己想成**她**。她拿出筆記本寫：

②譯註：位於梵蒂岡，以米開朗基羅繪製的壁畫而聞名。

他們成立了一個社團，裡頭卻沒有我，而且還是要對付我的社團。他們真的打算要整我。我從沒碰過這種事。我一定要很堅強。我絕對不會放棄這本筆記本，可是他們肯定會用各種邪惡的方法逼我就範。如果他們以為我會放棄，那他們就太不了解海莉．M．威爾許了。

海莉站起來，踩著堅定的步伐走向圍牆，爬上去時發出很大的聲音。她甚至不在乎他們會聽到她的聲音。她知道自己該怎麼做，而且一定會做到。

12 追捕偵探社出擊

隔天早上，海莉很早就到學校。大家一個個走進教室時，她正在筆記本上瘋狂揮筆。同學們原本聊天聊得正起勁，一看到她馬上停下來。她繼續用這股重新找回的熱情寫著筆記，直到艾爾森小姐走進教室。海莉跟其他同學一起起立敬禮，但坐下來之後又繼續寫筆記。艾爾森小姐把昨天的考卷發回來的時候，她連頭也沒抬，還是繼續寫她的筆記。每隔一下她就會意味深長的抬頭看某個人，讓那個人知道她現在這一刻正在寫他。大家都緊張的打量海莉。其實，她寫的根本不是他們的事。她在寫一連串的回憶，從她記得的第一件事寫起：在嬰兒床上站起來、看著窗外的公園、用體內的每一口氣大聲呼喊。現在她正寫到稍微長大一點時的回憶：

我記得我們住在七十七街和第五街交叉口的事。那時我不是走路上學，而是每天坐校車去上學。隔壁棟公寓有個很討人厭的男生。當時我七歲，他三歲。他名叫卡特•溫飛，老是在打嗝。他長得有夠討厭，所以有一次我趁他媽媽不注意的時候捏了他一把。我媽不知道是我捏了他，但是嘉麗小姐知道，她幫我保守了祕密。她說，就算他是我這輩子看過最討人厭的傢伙，我也應該把感覺放在心裡就好，不要去欺負他，因為他長得那麼討人厭，也不是他自己能控制的。

海莉環顧教室，不時有不安的眼神射向她，除此之外沒發生什麼事。她繼續寫：

他們控制得了自己在做的事嗎？真想知道嘉麗小姐會怎麼想。我必須知道她會怎麼想，但要怎麼樣才會知道？我想嘉麗小姐會說，他們可以，因為他們現在就是在想辦法控制我，逼我放棄這本筆記本。嘉麗小姐總是說：那些想控制別人、改變別人習慣的人，就是搞得天下大亂的人。她說，如果我不喜歡某個人，就離他遠遠的，可是不要想盡辦法逼別人跟你一樣。我想嘉麗小姐一定會痛恨這整件事。

她抬起頭，發現大家都開始寫作業。她拿出一張紙，卻覺得無聊，提不起勁。她在白紙上方簽下自己的名字，但也不覺得好玩。她看看周圍的人。大部分的人都沒在看她，而少數正看著她的人，臉上都帶著不友善的表情，尤其是瑪麗安和瑞秋。她回頭看桌上的白紙，不再勉強自己覺得簽名有趣，乾脆繼續寫筆記。後來，艾爾森小姐的嚴厲聲音終於傳進她的耳裡：「海莉，你沒在聽。」海莉抬起頭，看見大家都用不屑的眼神看她。她在心裡對自己說，這些人都在想，對這個人你能抱什麼期待？她把筆記本從桌上移到腿上，這樣艾爾森小姐就看不到了。老師一轉頭面對黑板，海莉就低下頭寫筆記。

吐得亂七八糟吧。

那個品基・懷特是我看過最噁心的傢伙。他媽媽第一眼看到他的時候是怎麼想的?一定

數學課她整節都在寫筆記。每個人都埋頭寫數學作業，數學老師哈里斯小姐年紀太大，沒辦法站起來走動巡視。海莉寫到渾然忘我，甚至忘了自己還在教室裡。事實上，連下課鐘響她都沒聽見。她聽到很遠很遠的地方有人說：「海莉……海莉……」然後突然連名帶姓大聲叫她：「海莉・威爾許!」她差點從椅子上摔下來，抬起頭時，只見教室空蕩蕩，只剩下老哈里斯小姐一個人。她用海莉在所有老師臉上看過最生氣的表情盯著海莉。海莉睜大雙眼，害怕的看著她。

哈里斯小姐站起來。「該回家了，海莉。但是你走之前，最好讓我看看你在數學課上寫得那麼投入的是什麼東西。」她慢慢走向海莉。海莉看到她瘦到見骨、有如爪子、黑斑點點的手伸過來……一直過來……

海莉急忙站起來，不小心把椅子撞倒。她大步躍向門口，簡直像在撐竿跳，眼角瞥見哈里斯小姐踉踉蹌蹌往後退，驚得倒抽一口氣，手飛快抓住脖子，但海莉已經奪門而出，抱著她的筆記本落荒而逃。

隔天的狀況甚至更糟。海莉整天寫筆記，連假裝寫作業都懶得裝。艾爾森小姐規勸了她四次，哈里斯小姐吼了她三次，最後也放棄了。放學之後她直接回家，吃了蛋糕和牛奶之後就拿著筆記本走到公園，坐在長椅上。她發現自己喜歡在樹下寫字。

聽說鴿子會害人得癌症，所以我要離牠們遠一點。不過，鴿子其實很漂亮。我喜歡看市長公館，那是一棟漂亮的白色屋子。有次我爸跟我說，以前這條河沿岸到處都是那種房子，可是後來他們蓋了公園，就把那些房子都拆了。他們應該留幾棟鬧鬼的老房子給小孩玩才對。那樣的話，我就會把品基關進地下室，直到他的頭髮變白。

我喜歡那些拖船。沒人跟我玩。現在我連說話的人都沒有。他們弄走了嘉麗小姐。我要完成我的回憶錄，然後把書賣給「每月選書俱樂部」，這樣我媽從信箱拿到這本書的時候就會大吃一驚。之後我會變得很有錢而且很有名，大家在街上看到我還會跟我行禮，說：「那不是海莉・M・威爾許嗎？她很紅耶。」到時候瑞秋・海納西一定會氣瘋。

聽到玩具哨子的嘟嘟聲，海莉抬起頭一看，兩邊眉毛都豎起來。

他們正沿著河岸遊行。穿紫色襪子的男生今天穿的是綠色襪子，他走在前面，手裡拿著掛上紫色襪子的旗杆。品基敲打著玩具鼓，發出啪嗒啪嗒的聲音。他們後面跟著一列隊伍，裡頭有瑞秋、瑪麗安、凱莉、蘿拉、貝絲，還有小波和珍妮。他們像一隊士兵列隊齊步走，轉彎的時候，凱莉看見貝絲掛在背上的牌子寫著：

反偵探大遊行

追捕偵探社　主辦

海莉坐著一動也不動，看著他們帶著隊伍繞來繞去。她不敢動，怕他們會看見她，但她內心最大的恐懼不一會兒就成真——瑪麗安突然大力吹口哨，瘋狂的比手畫腳。九顆頭同時轉向海莉的方向。海莉全身僵硬。他們要帶隊到她面前示威遊行。

他們鎮定的轉進小路。海莉不知道該怎麼辦。她覺得自己如果做出任何反應，他們一定會樂歪。可是，如果整個遊行隊伍從她面前走過去時她都毫無反應，他們也會知道她受到了影響。

她僵硬的坐在長椅上，很想找個地洞鑽下去。感覺好像過了好久，他們才朝她走過來，然後從她面前走過去。那一刻她覺得自己好像正在閱兵的艾森豪將軍*，差一點就忍不住舉起手跟他們敬禮。

距離拉近的時候，她看見穿紫色襪子的男生脖子上掛著一個牌子，上面寫著：

想聽紫色襪子的故事嗎？一次十分錢。

他們走到她的正對面時，所有人不約而同對她吐舌頭，好像練過一樣。品基還特別來一小段快速擊鼓。

遊行隊伍愈走愈遠。他們還會再繞回來嗎？海莉打開筆記本：

*譯註：曾任第二次世界大戰同盟國的歐洲最高指揮官，後來當上美國總統。

那又不是我的錯。我可沒叫他穿或不穿紫色襪子。他應該繼續穿紫色襪子才對。有些人沒頭沒腦（或者沒襪子，哈哈）就擺出一副烈士的樣子。我聽到他們繞回來了。我看我還是回家好了。

海莉從長椅上站起來，若無其事的走回家。看到他們又走過來，她趕緊躲到樹叢下，等他們通過才走路回家。一回房間她就關上房門。

唉，以後我不去公園了。沒什麼大不了的。如果裡頭都是走來走去遊行的笨蛋，不去也罷。我坐在床上照樣可以寫筆記。如果他們只是想到處遊行，那我才不在乎他們成立那個蠢蛋社。

敲門聲響起。海莉說：「幹嘛？」威爾許太太走進來。

「海莉，我有事要跟你談一談。我剛從你們學校回來。今天下午艾爾森小姐打電話給我，要我去學校談談你的事。」

海莉的喉嚨一緊。

「不用緊張，艾爾森小姐只是想找我談談你的學校功課。她說，上個星期你都沒寫功課，是真的嗎？」

「我沒什麼話好說。」

「什麼意思？你到底寫了功課沒有？」

「大概沒有。我不記得了。」

「海莉，這個答案非常牽強。你有什麼煩惱嗎？」

「沒有。」

威爾許太太把椅子拉到床邊，然後坐下來看著海莉。「那裡面是什麼？」

「哪個什麼？」海莉無辜的左看右看。

「你很清楚我說的是什麼。那是同一本筆記本嗎？」

「不是。不同本。」

「海莉，你明知道我在說什麼。你還在寫周圍同學的壞話嗎？」

「沒。我在寫我的回憶錄。」

威爾許太太不知道為什麼笑了。接著，她對海莉露出和藹的笑容。「艾爾森小姐和哈里斯小姐都說，你上課除了寫筆記本，其他事都不做。是這樣嗎？」

「對。」

「他們說，我應該沒收你的筆記本，不然你什麼都學不到。」

「我學了很多東西。」

「你學了什麼？」

「身邊所有人的所有事情。」

威爾許太太看了看手上的一張小紙條。「歷史、地理、法文、自然……都很糟糕。你甚至連英文都考不好。還有，我們知道你不會加法和減法。」

海莉坐著不說話。學校感覺像千萬哩外一個她曾經去過的衛星。

「我恐怕不能讓你帶這本筆記本去上學，只能等你放學回家之後再拿給你玩。」

「我沒有在玩。誰說我在玩了？我在**工作**！」

「寶貝，現在你還在上學，所以學校的課業就是你的工作。就像你爸在公司工作，你在學校也是在工作。學校的工作就是你的工作。」

「那你做什麼工作？」

「我做很多你們看不見、也沒人感激我的工作，但這不是重點。現在你的工作就是去學校學習，可是你卻沒把工作做好。你想要這本筆記本，就要等放學回家才能拿到。我會把它交給廚子保管，你一回到家就可以跟她拿。」

「不要。」海莉說。

「這件事就這麼說定了。」

「我要發脾氣了。」

「那就發吧，可是我不會站在這裡看你發脾氣。你聽好，早上我不想看到你帶著筆記本出門，你也不能帶筆記本去學校。艾爾森小姐會檢查你的東西。」

海莉趴在床上，把臉埋進枕頭裡。

「寶貝，你有什麼煩惱嗎？」

「沒有。」枕頭裡傳來模糊的聲音。

13 偵探的反擊

隔天早上，海莉被媽媽搜身。威爾許太太把筆記本拿走，交給廚子，廚子一副要把筆記本吃下肚的模樣。

海莉傷心的走去學校。她邁著沉重緩慢的步伐，眼睛緊盯著水泥路上的裂痕，就這樣走進校門、爬上樓梯、踏進教室。她坐下來，低頭看著地板，完全聽不見周圍的聲音。

艾爾森小姐走進教室，全班跟她道過早安之後，她馬上走向海莉，要她站起來讓她搜身，之後還翻了她的抽屜。海莉垂頭喪氣的任由她檢查。艾爾森小姐沒找到筆記本，便拍拍海莉的頭，像在拍一隻聽話的小狗，然後走回講台。

有些同學好奇的旁觀整個過程。老師搜完之後，大家都在吃吃竊笑、交頭接耳，往海莉的方向打量。但海莉的兩隻眼睛還是盯著地板。

海莉乖乖做了功課。她已經不在意自己的簽名，也覺得功課無聊透頂，但還是寫了。所有事情都提不起她的興趣。她發現，沒有筆記本在身邊，她就很難思考。腦袋的想法要很慢才成形，好像得擠過一扇超級窄門才出得來。可是寫筆記的時候，她腦中的想法卻跑得比她寫的速度還快。她呆坐在那裡，腦袋一片空白，直到「我覺得自己變了個人」的念頭慢慢浮上腦海。她緩緩消化這個念頭，像在消化感恩節大餐。

停頓了很久之後她想：對，沒錯。過了更久她又想：使壞，我想使壞。

她環顧四周，用邪惡的眼神看著每個人。沒人看見她。她感覺自己的臉開始扭曲變形。大家都錯過了這戲劇化的一刻，但那一刻海莉永遠都忘不了。

午餐鈴聲響起時，她好像完全不用再思考了。所有事情就像她計畫好了似的（其實沒有）一件接著一件發生。例如，鐘聲響起時，品基跳起來跑上走道。海莉馬上把腿伸出去，害他跌了個狗吃屎。

淒厲的哀號聲從他仆倒的身體底下傳出來。品基抬起頭時，鼻子都是血。海莉面無表情，心裡感覺到一股自個兒獨享的痛快。

她站起來，默默走出教室，小心翼翼從品基痛得扭來扭去的身上跨過去。她知道沒人會想到是她幹的，因為她這輩子從來沒做過這種事。她走去拿她的番茄三明治。

午餐的時候，海莉一個人坐，兩眼像貓頭鷹的眼睛瞪得又大又圓。她覺得腦中的想法像跛腳的小孩一樣一拐一拐，很不順暢。鐘聲響起時，她像機器人一樣站起來，走回教室。大家都往教室裡衝，她無可奈何跟著大家擠進門。凱莉剛好就在她前面。海莉想都沒想就往她腿上一捏，動作乾淨俐落。凱莉痛得大叫，紅著一張臉左右張望。

海莉直直看著前方。沒人會想到是她，因為她從小到大從來沒有捏過別人。事實上，凱莉偶爾會捏人，但班上真正捏人出名的只有瑪麗安一個。凱莉擠上前去打瑪麗安的頭，儘管瑪麗安跟她隔著四個人，根本不可能捏她。兩人馬上大打出手。海莉從人群中擠出去，走進教室。

這節是數學課。她坐下來，悲傷的看著哈里斯小姐的眼睛，其他人陸續走進教室。哈里斯小姐確定海莉沒帶筆記本之後，就努力對她堆出親切的笑容，但海莉把頭別開。

沒有筆記本，她除了聽課也沒別的事好做。因為從來沒有認真上過課，海莉完全聽不懂老師在說什麼。哈里斯小姐不斷說著某座橋的事，大家埋頭抄下一堆數字，海莉也學大家抄下數字，卻完全不知道那些數字是幹嘛的。後來全班熱烈的討論起買進跟賣出羊排的問題。

海莉把一張紙揉成一團，這次同樣想都沒想就把紙團射向小波的耳朵。小波輕輕「啊」了一聲就馬上恢復鎮定。他趁老師不注意的時候往後看，海莉邪惡的瞪他一眼。他睜大眼睛，眼神中充滿困惑和恐懼，然後匆匆別過頭。

班上繼續討論船走了多少海里的問題，海莉還是聽不懂。她想要思考，卻無法思考。後來她猛然舉起手，把一枝鉛筆直直丟向貝絲的臉。

貝絲一臉錯愕，當她看見海莉瞅著她看時，嚇得像嬰兒一樣哇哇大哭。

下課鐘響起，哈里斯小姐急忙走去看貝絲發生了什麼事，但海莉已經走出教室，下了樓梯。她一路跑回家，進門、下樓，然後「砰！」，跟廚子撞個滿懷。

「你這ㄚ頭，怎麼每天都撞我？難道你跟大砲一樣，從學校就瞄準我，對著我發射？」

「拜託把筆記本還給我。」

「什麼筆記本？」

「那還用問，就是我的筆記本啊！我的筆記本！」海莉急得像熱鍋上的螞蟻。

「你聽好，我要你先為差點把我撞倒跟我道歉。」廚子站在那裡，雙手扠腰，好像要她等八百年也不是問題。

「我道歉。」

「好。」她忿忿不平的轉過身，又把手伸進洗碗水裡。

「我的筆記本！」海莉大喊。

「好好好，你就不能等我一分鐘，讓我把肥皂沖掉嗎？」

「不能不能不能，我沒辦法等，我現在就要！」

「好好好。」廚子洗了手，把手擦乾，彎身從水槽底下很後面的地方拿出筆記本，還不小心把一點洗碗精灑在上面。

海莉抓了筆記本就跑出去。

「嘿，你不吃蛋糕和牛奶嗎？」

海莉甚至沒聽見。她跑進房間，撲到床上，靜靜躺在那裡滿懷敬意的看了筆記本一會兒才把它打開。她有種莫名的恐懼，怕翻開之後會發現裡頭一片空白，幸好她寫的字都還在上面，雖然字不漂亮卻很令人安心。她抓起筆，感覺腦中的想法奇蹟般的源源湧出，快速從腦袋傳到筆尖，再傳到紙上。幸好啊，她如釋重負，我還以為腦袋枯竭了。她寫下很多心裡的感覺，享受手指在紙上輕巧滑動的喜悅，還有自由表達心中想法的輕鬆感受。過了一會兒，她往後一靠，開始認真的思考，接著又寫下：

我一定是怎麼了。我變了。我覺得自己很不像自己。我不會笑，也不會想好玩的事了，全身上下就只想要使壞。我想要傷害他們每一個人，而且要抓住每個人的致命傷，讓他們痛哭流涕。

接著，她列出一張清單：

瑪麗安：抓一隻青蛙放進她的抽屜。蛇更好。

瑞秋：問她爸爸去哪裡了。

蘿拉：把她的頭髮剪掉。或讓她的頭禿一小塊。

品基：惡狠狠的看他一眼。只要這個就夠了。

凱莉：跑去跟她爸說她的壞話（編謊話）。

貝絲：她怕被打。揍她。

小波：叫他「娘娘腔」，跟大家說他愛看食譜。

穿紫色襪子的男生：？？

海莉想不到要怎麼欺負他，因為他實在太無聊。那好吧，只好明天去觀察他，海莉心想。

隔天在學校，海莉都在想這些事，因為想得太認真，所以她一樣功課也沒做。她一整天只說了幾句話，而且是去找瑞秋，問她爸爸為什麼不住家裡。實際上她是這麼問的：「瑞秋，你是不是沒有爸爸？」口氣像在閒話家常。

瑞秋一臉驚駭，看著海莉大吼：「誰說我沒有！」

海莉刻薄的回答：「你沒有。」

「誰說我沒有！」瑞秋又吼。

「那他一定不愛你。」

「誰說的！」

「那你爸為什麼不跟你們住在一起？」

後來瑞秋就哭了出來。

隔天，海莉一吃完早餐就跑進公園。她在灌木叢裡找了很久，終於找到了一隻青蛙。那是隻很小的青蛙，或許是青蛙寶寶。海莉小心翼翼把牠抓起來，免得壓扁牠，然後把牠放進上衣的口袋。她跑去學校，手輕輕包住口袋，免得青蛙跳出來。她跑進教室，打開瑪麗安的抽屜，然後輕輕把青蛙放進去。小青蛙跳了一下，生氣的抬頭看她。海莉也回看牠一眼，漸漸覺得牠滿可愛的。她希望等一下一團混亂的時候不會害牠受傷。

她輕輕關上抽屜，免得嚇到小青蛙，然後就規規矩矩坐回自己的座位。班上同學都來了。他們起立跟老師道早安的時候，海莉抓了一撮蘿拉的頭髮，然後拿出她帶來的剪刀喀嚓一剪。蘿拉一點感覺也沒有。她開開心心坐下來，絲毫沒發現自己少了一撮頭髮。海莉幸災樂禍的看著那一撮少掉的頭髮。

小波把整個過程全都看在眼裡。他剛要舉手告狀，瑪麗安就打開她的抽屜。

海莉這輩子從沒看過這麼混亂的場面，也沒聽過這麼恐怖的尖叫聲。真是太過癮了！全班就好像火山爆發，噴出尖叫聲、奔跑聲、哭喊聲，還有跌跌撞撞的聲音。一開始沒人知道發生了什麼事。瑪麗安叫得好大聲，全班都跳起來。接著，大家看到一個棕色小點從一張桌子跳到一張桌子，再跳到某個人的肩膀，又跳回桌子，然後又跳到某人的手臂上，所有人都驚慌失措，不知道究竟是怎麼回事。在一片混亂中，海莉默默站起來，走回家。

她走進家門時，廚子用很輕很輕的聲音問她：「你在做什麼？這個時間你不是應該在學校嗎？」

「就回家啊。」

「為什麼回家？」廚子又輕聲細語的問。

「你為什麼說話那麼小聲？」海莉大聲問。

「我正在烤蛋糕，」廚子悄聲說：「再一下就烤好了。不要蹦蹦跳跳、走路太大力，或說話太大聲，不然蛋糕會塌掉。」

海莉站在原地，咀嚼著腦中的想法。突然間，她跑到廚房中央，推倒一把椅子，然後跳上跳下，使出全身的力氣用力跺腳。

廚子啊啊啊的尖聲大叫，然後飛快跑到烤箱前。「看看你做了什麼好事，你這個壞心的小孩。我受夠了。我不幹了。如果得多忍耐你一天，我一定會徹底瘋掉，整天鬼吼鬼叫。為了這點薪水，不值得這樣賣命。」

海莉走出廚房。

廚子站在烤箱前看著塌掉的蛋糕。平底鍋裡的蛋糕看起來像被人踩過一樣。「這個家出了問題，以前從來沒有像現在這麼糟糕過。我一定要讓威爾許太太知道，一定要讓她知道。」

海莉在樓上房間待了一整天，既沒看窗外，也沒寫筆記本，只是躺在床上看著天花板，腦中持續不斷響起一個名字：嘉麗小姐……嘉麗小姐……嘉麗小姐……好像只要說出她的名字，她就會出現。

接近傍晚的時候，海莉聽到廚子跟她媽媽告狀的聲音。「我告訴你，我不幹了。我受夠她每天撞我、對我沒大沒小，今天她竟然還把我的蛋糕弄塌，我受夠了！」

「別這樣，請你不要走，我們需要你……」威爾許太太幾乎像在哀求。

「再多錢我都不幹，我現在馬上就走。」

「那加薪五塊錢可以嗎？我們可以好好談……」

「那孩子的事不能放著不管。我不想害你手忙腳亂，但是她要是再撞我一次，或是做出弄塌我的蛋糕之類的壞事，我就不幹了。」

「我了解……」

「我是廚子，不是保母。」

待在房間的海莉在心中默念：嘉麗小姐……嘉麗小姐……嘉麗小姐……

「當然，我完全理解……」

廚子踩著重重的腳步走回廚房。威爾許太太走上樓，海莉聽見媽媽上來的聲音。她一直盯著天花板，窗外的樹葉投射的光影形成一個圖案，很好玩的圖案，而且不斷變來變去。

「海莉，你是怎麼回事？」威爾許太太站在門口。海莉沒回答，腦內繼續播放：嘉麗小姐，拜託你回來，拜託，嘉麗小姐。

「海莉，你知道我今天是怎麼過的嗎？我在髮廊接到一通緊急電話，要我立刻趕去學校。去了學校之後，我聽說了你早上幹的好事。那個蘿拉•彼得斯差不多得去把頭髮剃了。瑪麗安不舒服先回家了。艾爾森小姐都快哭了，她的情緒非常激動，這件事大概會在她心裡留下永遠的創傷。她說混亂場面持續了很長一段時間。結果我回到家，廚子說她不幹了。唉，幸好我把她挽留下來。海莉，這次你太過火了。現在我要你坐起來，跟我談一談。你認為自己在做什麼？」

海莉沒動。腦中的那首歌停了，她感覺到一種淡淡的快感，伴隨著愈滾愈大的恐懼。

「海莉？」

她躺在床上。

威爾許太太轉身走出去，一邊說：「你爸再一個小時就回來了。你現在不跟我談，待會就跟你爸談吧。」海莉整個下午都躺在床上，看著葉子圖案變來變去，然後漸漸消失。她聽到爸爸走進門。

「我現在沒力氣處理這種事。我才剛下班，需要靜一靜，來杯馬丁尼。我忙了一天好不容易回到家，冰桶沒裝滿冰塊，你又在那裡胡言亂語。我在這裡就聽得到那個混帳廚子鬼叫的聲音。現在你又跟我說，你剛剛幫她調薪。你倒是把話說清楚，女人！」

樓下傳來嘰嘰喳喳的說話聲，然後門關上。媽媽把爸爸拉進書房。大家想發牢騷都會進去書房。

海莉躺在黑暗中發呆。她不怪爸爸生氣。所有的事都無聊死了。當她閉上眼睛時，有時會看到黃色點點。她差點就睡著了，後來有一束光斜射進來，照在她的臉上。她把眼睛睜開一小縫，看見爸爸站在門口便又閉上眼睛。

「海莉，你睡著了嗎？」

海莉動也沒動。

「海莉，回答我。」

海莉靜靜躺在那裡，幾乎連呼吸聲也沒有。

「聽好，我知道你沒睡著，小時候我看到我爸也會裝睡。所以現在我要你坐起來，跟我談一談。」

海莉很快坐起來，靠上前，用俐落無比的動作抓起一隻鞋子丟向爸爸。

「你……真是劈哩啪啦劈哩啪啦……不能放著不管……這孩子……你進來看看，我想我們最好打電話給……什麼嘛……」房門砰一聲關上。

海莉躺在床上好像從來沒動過、從來沒丟過鞋子、從來沒有不開心、從來沒去抓青蛙嚇人……她靜靜想著事情。等著瞧，看我把珍妮的手指折斷。她想著想著就睡著了。半夜醒來時，她感覺到媽媽幫她換上了睡衣，幫她蓋好被子。她幸福的睡著了。

14 不一樣的醫生

隔天早上醒來時，海莉覺得好餓，因為昨晚她沒吃晚餐就睡了。她穿著睡衣就跑下樓，在餐桌前坐下來。

「海莉，上樓把睡衣換掉。」

「不要。」

「『不要』是什麼意思？」媽媽瞪大眼睛看她。

「不要就是不要。」

「現在馬上給我上樓，」爸爸說：「不然我會揍你一頓，讓你永生難忘。」

海莉上樓換掉睡衣，然後又下樓坐到餐桌前。爸媽今天早上都沒看報，而且眼神老往她身上飄。

「你洗臉了嗎？」

「還沒。」

「上去洗臉。」

「不要。」

「海莉，你以前都會上樓洗臉的。」

沉默。

「海莉，上樓洗臉。」

「不要。」

爸爸看著媽媽，說：「我想，現在就採取行動不會言之過早。但是，在我們接受一堆新潮的觀念之前，我還是要說：海莉，我要你馬上上樓洗臉，不然你一整個禮拜都別想坐下來吃飯。」

海莉上樓去洗臉。不知道為什麼這一切她都覺得滿高興的，下樓時她還輕輕哼著歌。

「今天早上，」媽媽說：「你不用去上學。」

「我知道。」

「你怎麼知道？海莉，你偷聽我們說話嗎？」

「沒有。」

「那你怎麼會知道？」

「我決定不去了。我不喜歡學校了。」

「喔，我不是這個意思。我的意思是說，今天早上我要你跟我一起去見一個人。」

海莉的心一震。「嘉麗小姐嗎？嘉麗小姐回來了？」

爸媽互看一眼。「不是，」媽媽說：「我們要去見一個醫生。」

「哦，」海莉嚼著培根說：「安德魯醫生嗎？」她隨口問，心中盤算要在醫生面前搬弄有關凱莉的謠言。

「不是。」威爾許太太說，一臉無助的看著威爾許先生。威爾許先生「嗯——」了一聲，咳了幾下，然後說：「你要去見的是一個很和藹可親的醫生，他不像大部分醫生都是混帳。」

海莉沒看爸爸，繼續吃東西，心中暗想：或許我可以直接跟凱莉說，「我爸覺得安德魯醫生是個混帳」，這樣就能整到她了。

吃完早餐之後，海莉到門外等媽媽。她看著學校的方向，只見校門口擠滿了學生。她不在乎自己還會不會走進校門。在白紙上方簽下自己名字的開心感受，就像一百年前的事那麼遙遠。

媽媽終於把車開出來，海莉坐上車。威爾許太太把車開到九十六街和第五街的交叉口，繞了幾圈才找到停車位，然後終於把車停好，從頭到尾都氣呼呼的。

走進電梯的時候，海莉突然問媽媽：「我來這裡要做什麼？我又沒有覺得不舒服。」但說出這句話的時候，她突然覺得有點不舒服。

「你只要跟這個醫生談一談就好了。他不會幫你做什麼治療。」

「我又不認識他。」

「沒關係的。他人很好。」

「我要跟他說什麼？」

「看他想說什麼就說什麼。」

她們到七樓之後，威爾許太太按下藍色門上的門鈴，有一個海莉看過長得最滑稽的男人幾乎馬上來開門。他有一頭紅彤彤的頭髮，直直豎立在光禿禿的頭頂後頭。他咧開大嘴笑，露出一口黃牙，臉上戴著一副大黑框的滑稽眼鏡，個子非常非常高，高到有點駝背。海莉發現，他有個很怪的鼻子，還有一雙超長的腳。

「你們好。」他雀躍的說。

海莉冷笑一聲。她討厭第一眼就想讓別人喜歡他們的人。

「華格納醫生你好，這是海莉。」

海莉別過頭。她覺得站在這裡很蠢。兩個大人都盯著她看。

「你們先請進，到我辦公室聊一聊。」

海莉心想，「書房」時間又來了，竟然大老遠跑來這裡聽人發牢騷。她媽媽對她笑一笑就走去候診室。海莉跟著紅髮醫生走進辦公室。他的辦公室很大，地上鋪了一張天空藍的地毯，還有一張沙發，不知道為什麼還擺了一台小型立式鋼琴。

海莉一動不動站在房間中央，華格納醫生走去坐在兩張大扶手椅的其中一張。他親切的看著她，眼神透露著期盼，海莉也不甘示弱的盯著他看。辦公室裡靜悄悄。

「所以呢？」過了很久，海莉終於說。

「所以什麼？」醫生親切的問。

「所以我們現在要幹嘛？」

「你想幹嘛都可以。」

「我可以走了嗎？」

「你想走了？」

「那不然我應該幹嘛？」海莉愈說愈生氣。

華格納醫生抓抓鼻子，說：「我們來看看……要不要玩遊戲？你喜歡玩遊戲嗎？」

這是海莉聽過最愚蠢的事。特地跑來這裡玩遊戲？她敢說這件事她媽媽一定不知道。這傢伙有什麼問題？

她心想，應該先跟他玩一下，看他在耍什麼把戲。「嗯……喜歡……好吧。」

「什麼類型的遊戲？」

天啊，他煩不煩。「隨便什麼遊戲都可以。是你說要玩遊戲的。」

「你會下西洋棋嗎？」

「不會。」她心裡想，嘉麗小姐本來要教我，但一直沒找到機會。

「那麼大富翁怎麼樣？」

大富翁可以說是世界上最無聊的遊戲，集合了所有海莉討厭的元素。「好吧，如果你想的話。」

華格納醫生站起來，走去門旁邊的一個櫃子。他打開櫃子的時候，海莉看見裡頭有各式各樣的玩具、洋娃娃、娃娃屋，還有玩具車。她不想批評他，但實在忍不住好奇。「你整天坐在這裡玩那些東西？」等我跟我媽告狀你就慘了。

醫生調皮的看著她。「你覺得呢？」

「什麼叫『你覺得呢？』」

「你覺得我整天坐在這裡玩這些玩具嗎？」

「我怎麼知道？你有一整櫃的玩具啊。」

「你家裡沒有玩具嗎？」

她受夠了。「有！」她大喊：「可是我才十一歲啊。」

「喔。」醫生一臉嚇到的樣子，手中拿著大富翁紙板站在那裡。

海莉覺得他有點可憐。「好吧。」她說：「我們玩一局嗎？」

醫生鬆了一口氣。他把紙板小心翼翼擺在茶几上，然後走去辦公桌抽屜拿出筆記本和筆，回到海莉的對面坐下。

海莉瞪著筆記本看。「那是什麼？」

「筆記本。」

「我知道。」她大聲說。

「我只是要寫些筆記，你不介意吧？」

「這要看你寫的是什麼樣的筆記。」

「什麼意思？」

「看是說人壞話的筆記，還是普通的筆記？」

「為什麼？」

「別說我沒警告你，這年頭在筆記本上寫別人的壞話，很難沒事。」

「原來如此，我懂了，謝謝你提醒我，不過我寫的是只是普通的筆記。」

「我敢說，從來沒有人拿走你的筆記本吧？」

「什麼意思？」

「沒事。我們來玩吧。」

他們玩了一局。海莉覺得超悶的，但她還是贏了。華格納醫生寫了很多筆記，正在玩的時候跟玩完之後都是。

「我相信，如果你沒寫那麼多筆記，勝算應該比較大。」

「你這麼覺得嗎？」

海莉陰沉的看著他。這個人不可能笨到這種程度，他為什麼要這樣裝笨？

後來他們又玩了一局。這次他沒寫那麼多筆記，結果就贏了。

「看吧！」海莉雀躍的說：「老是寫筆記對你沒好處。你為什麼不把筆記本放到旁邊？」她兩眼盯著他。

從剛剛到現在，醫生的臉上第一次出現饒富興味的表情。「如果，」他慢慢的說：「我給你一本筆記本，那我們就各有一本筆記本，這樣我們就扯平了。」

海莉張大眼睛瞪著他看。他在唬她嗎？他是不是要用這個方法試探她的反應？想到筆記本，想到筆在紙上飛馳，腦中的想法終於可以源源湧出、自由抒發，她就覺得手好癢。算了，管他有什麼企圖。

「好啊，你還有筆記本嗎？」她故作輕鬆的說。

「事實上，我真的有。」他走去辦公桌，拿出一本很漂亮的小筆記本，封面是亮藍色的。海莉轉頭去看那架鋼琴，裝出一臉無所謂。醫生還順便拿了一枝很不錯的小原子筆。他把筆跟本子交給海莉。接過手的那一刻，她覺得心裡好過一些。

華格納醫生坐下來，他們開始玩另一局。海莉在筆記本上寫：

那是我看過最好笑的鼻子。從他的臉中間一路延伸下去，像一條蛇。他讓我想起品基・懷特，但沒那麼討人厭。他有一頭紅髮和又黃又長的牙齒，很好笑。這間辦公室有雪茄和粉

筆的味道。我敢說沒人的時候，他就會拿那些玩具出來玩。

海莉完全把遊戲忘了。過了一會，她突然聽見華格納醫生輕聲說：「海莉……海莉……回家了。」她不想回家。接著她又想，我不能賴在這裡不走，於是很快站起來走向門口。

「再見，海莉。」華格納醫生和善的說。

「再見。」她說。他人不壞，只是有點怪裡怪氣，海莉心想。

威爾許太太馬上拿走她手上的筆記本。回程途中，海莉覺得很空虛。回到家之後，她媽媽就不見人影。還有一整個漫長的下午得打發。手上沒有筆記本，海莉不能寫筆記，不能玩「小鎮」，什麼也不能做。她不敢再去買一本新的筆記本，而且第一次完全不想看書。

不知不覺中，她突然想到，如果她去找小波和珍妮，私下跟他們示好，不知道會怎麼樣。畢竟，他們一直都是她最好的朋友，也都知道她是個偵探，長大以後要當作家，所以怎麼可能突然把她當作壞蛋？說不定他們一直生她的氣也累了。

海莉抓起外套就跑下樓，邊跑邊想，不知道珍妮有沒有被逼去上舞蹈課，或許她可以用這個話題來破冰。

女傭來幫海莉開門，她從後樓梯直接上樓到珍妮的實驗室。她打開門，看見珍妮站在裡面，正全神貫注做著實驗，甚至連頭都沒抬起來。

海莉輕聲開口，免得嚇到她：「珍妮？」

珍妮立刻轉過頭。她嚇了一大跳，不小心把手中試管裡的液體滴了出來。看見海莉出現在她面前，她整個人呆掉，後來才看到腳下的液體擴散開來。「天啊，都你害的，你看！」

海莉低頭看地板。有塊難看的咖啡色汙漬在地板上快速蔓延，甚至讓木頭有點燒焦。

「那是什麼東西？」

珍妮忙著抹地，一句話也沒說，只露出可怕的笑容，默默清理，儘可能把地板抹乾淨。她抹了一次又一次，汙漬才稍微變淡。海莉站在那裡，感覺壞到極點。珍妮一副旁邊根本沒有人的樣子。這片地板有一部分一定會完蛋。

「也許我們可以……」海莉試探的說。

「你不覺得你做得已經夠多了嗎？」珍妮的眼神殺氣騰騰。

「我本來要說，我們可以用地毯把它蓋起來，你媽就不會看見。」海莉很想跑出房門。

「這樣下次你就可以來毀了這張地毯，是嗎？」

海莉直直看著珍妮，珍妮也不甘示弱，瞪著她看。

海莉走向門口，背對著珍妮，不發一語，因為她怕只要一開口，就會哭出來。

她穿過公園，在一張長椅上坐下，重新考慮要不要去找小波。一滴淚水從她的鼻翼滾下來。珍妮是珍妮，但小波一直都是她最好的朋友。可是，要是小波也跟珍妮一樣呢？

她等了一會兒，看會不會有別的想法從腦袋裡冒出來。但她沒辦法就這樣算了。現在不去，以後就沒機會了。如果小波不是她的朋友，早知道比晚知道好。那樣她就真的孤伶伶一個人了，如果她真的孤伶伶一個人，早點搞清楚狀況也好。

海莉從長椅上站起來，快步走去小波家。她跑上樓到小波住的公寓，正要敲門就聽見裡頭傳來響亮的笑聲，然後是小波的咯咯笑聲。她習慣性的貼在門上偷聽。小波他爸開懷大笑，不斷說著「哇！」、「想不到吧！」，然後又說：「你老爸很神吧？你覺得呢？小波，你看看這張又大又肥的支票！」海莉忍不住好奇，就敲了門。

小波來開門時還是笑個不停。打開門的那一刻，他驚呆了，臉上的笑容瞬間消失，換成悲傷的表情。他爸爸還在屋裡跑來跑去，開懷大笑，在家具上跳上跳下。海莉站在那裡看著小波，他爸卻在背後像瘋子一樣跑來跑去，讓她覺得很滑稽。

海莉打破沉默：「嗨，小波。」

小波低下頭，好像挨了揍，垂下眼睛看地板。然後他拖著一隻腳稍微後退，說：「呃，哈囉，海莉。」雖然算不上歡迎，海莉還是自動擠進門。小波他爸幾乎沒注意到她。此刻他正興奮又激動的講電話，揮舞著手上的支票。「他們簽了，他們簽了！春天就會出版了！想不到吧！」

海莉回頭看小波，他還站在門口握著門把。「賣掉他寫的書了？」

小波不由自主揚起嘴角，笑得合不攏嘴。「對，」他崇拜又驕傲的說：「他剛收到支票。」說完他好像突然想到什麼，又垂下眼睛看地板。

「小波，我要跟你談一談。」海莉微微朝他接近。

「想不到吧！」小波他爸啪一聲掛上電話，跑過來把小波舉到肩膀上。「哇啊啊啊啊！」他大喊，把小波當作網球拍一樣在空中旋轉，接著又突然把他放下來，給他一個大大的擁抱。「哇！太好了！要幫你買鞋子，還有一套真正的西裝，每天晚上吃牛排大餐。每天晚上喔，好小子！」小波咯咯咯笑個不停。「嗨，呦，海莉，我沒看到你。你覺得怎麼樣？我成功了，寶貝，他們給我錢了！」

海莉抬頭對他笑。「太棒了。」

小波他爸長得很帥，有一雙跟小波一樣笑咪咪的眼睛，一頭好笑的頭髮長到遮住眼睛。他總是穿著破了洞的舊毛衣、同一件破舊的灰褲子，還有磨得破破爛爛的球鞋。有時他很憂鬱，但當他像今天一樣開心的時候，臉上的笑容會洋溢整個房間。

海莉驚奇的看著他。他是個作家。一個百分之百的作家。他的腦袋在想什麼？裡頭裝了什麼東西？她怔怔看著洛克先生的時候，完全忘了小波的存在，忍不住要問他有關筆記本的問題。他會說出超有深度的答案嗎？

「有人付錢買你寫的東西是什麼感覺？」海莉屏住呼吸，迫不及待想聽他會怎麼回答。

「棒透了，寶貝，棒呆了。」

海莉覺得惱怒。好沒意思的答案，他跟一般人都差不多嗎？

「嘿，小波，去換件乾淨衣服，我帶你去吃晚餐。」小波跑進他的房間。「那你呢，海莉？想不想跟我們一起去？」海莉還來不及回答，小波打開房門，用響亮的聲音喊：「**不要！**」然後就啪一聲甩上門。

「呃……」小波他爸一臉尷尬。「我看啊，那小子擔心老爸今天就把支票拿去花掉。」

「反正我也得回家了。我正要說我得回家了……」海莉大聲說：「反正我也不能跟你們一起去。反正我、也、不、能、跟你們一起去！」她對著小波的房門大喊。

「哦……」小波他爸吃驚的看著海莉。海莉邁出大門走回家。

那天晚上海莉又作了噩夢。一開始還不像噩夢。事實上，一開始是很美好的夢——嘉麗小姐坐在搖椅上，身上披著一件溫暖的黃色法蘭絨浴袍，海莉坐在她的腿上，她緊緊擁抱著海莉晃啊晃。

海莉的媽媽走進房間時，海莉在睡夢中大聲哭喊：「嘉麗小姐，嘉麗小姐，嘉麗小姐！」她不斷啜泣，即使媽媽抱著她也還是哭個不停，後來她才終於意識到自己在作夢。她轉過頭面對牆壁，假裝睡著了，直到媽媽離開為止。後來她又哭了一會兒才真正睡著。

第三部

15 爸媽的神祕計畫

隔天海莉起床時，感覺已經快要中午。她不是因為媽媽叫她才起床，而是因為有一束陽光照在她的臉上才醒過來。她直直坐在床上，聽不到樓下有任何聲音。她趕緊下床，穿好衣服跑下樓，隱隱覺得有什麼不太對勁。

飯廳沒人，餐桌上甚至沒擺餐具。她跑進廚房，差點又撞到廚子，幸好及時閃到一邊。

「我的早餐呢？」

「應該是午餐了。」

「什麼意思？」

「已經十二點了。想必你睡了很久。」

「為什麼沒叫我？上學遲到了！」海莉大喊。

「別對我大呼小叫，不然我就不幹了。是你媽要我別叫你的。」

「她人呢？」

「樓上。他們兩個都是。在樓上討論你的事。」

「哪裡？你這是什麼意思？」海莉愈說愈激動。

「就上面啊。」廚子一臉神祕，隨手往樓上一指。

海莉轉身跑上樓。書房的門關著。喃喃說話聲從門裡傳出來。她悄悄走上前，接著就聽到爸爸講電話的聲音。

「呃，華格納醫生，我這麼問好了……對，對，我知道她是個很聰明的孩子……是，我們都知道她的好奇心很旺盛……是的，顯現她的聰明，沒有錯，我也這麼認為……是這樣的……對，我想她說不定會成為一個作家……什麼？一個計畫？哦……學校……嗯，我們可以打電話給校長……請幾天假？呃，我想可以安排……但是你確定……百分之百確定她沒問題嗎？……對……是，相當特別……是的，我想我們知道……什麼？……是的，如我所說，她離開了……我們有她的聯絡地址。你認為這是個好方法？……我明白……好。非常感謝你，醫生。你幫了我們很大的忙……是，我了解，我同意你說的，她一向很聽她的話……是，一種退化現象……還有一件事，醫生，你確定她沒問題？……好，非常肯定……那就好。再次感謝。再見。」

海莉的眼睛都快整個突出來。爸爸說的當然是我，她心想。我很聰明，那是當然的。

「他認為我們應該咿咿哦哦咿咿哦哦。」

有夠氣人的。爸爸要是不對著電話大吼大叫，她就聽不見他的聲音了。

「這個咿咿哦哦太棒了。」威爾許太太的聲音也模模糊糊。

「學校那邊……咿咿哦哦。或許咿咿哦哦的計畫可以咿咿哦哦，之後這個咿咿哦哦就不會壓得她喘不過氣……注意力也會更集中，那是一定的……但是我得先打給安潔拉小姐，讓這個咿咿哦哦動起來。這個醫生不是混帳，你知道，我想我們應該聽他的。」

「當然了，我認為這樣太棒了。而且他說她沒有咿咿哦哦？」

「完全沒有。事實上，剛好咿咿哦哦。她是個很特別的咿咿哦哦，有天說不定會成為一個厲害的咿咿哦哦。」

超嘔的。這正是一個人夢寐以求的場景。海莉心想，我一直想聽別人會怎麼說我，結果現在卻什麼也聽不到。

突然間，門把轉了轉。海莉往後一跳，但動作還是不夠快。她決定力挽狂瀾，扳回一城。

「嗶！」她大叫。她媽媽整個人跳起來。

「天啊，你嚇到我了，海莉！你在這裡做什麼？你偷聽我們說話嗎？」

「沒有。又聽不見。」

「那不表示你沒偷聽。你吃過早餐了嗎？」

「還沒。」

「那趕快下樓吃啊。你今天不用去上學，親愛的……」

「我知道。我聽到了。」

「你還聽到什麼？別裝了，海莉，老實跟我說。」這時，房裡傳來威爾許先生的聲音：

「你好，安潔拉小姐……」威爾許太太立刻伸手關上門。

「沒什麼。」海莉說。

「真的嗎？」

「真的。」

「好吧，快去吃早餐。我得去寫一封信。」

到底是怎麼回事？海莉想不通。

兩天之後海莉還在納悶，也還是想不出所以然。她多了很多時間追上偵察工作的進度，但到了第三天，她驚訝的發現自己開始想念上學的日子。前兩天她走了一趟偵察路線，在每個案子上面都花了很多時間，但其實沒發生什麼特別的事。

小喬科里復職了。他說他只是肚子餓，德桑提太太聽了同情心大發，就不跟他計較，但隔天他又被逮到偷吃一整條火腿。事發當時海莉剛好也在。那天的場面非常刺激，因為小喬不只被逮到偷吃火腿。他正要把火腿拿給三個樂不可支的小孩時，也剛好被逮個正著。海莉在筆記本上寫：

我很慶幸我看到了這一幕。我還以為德桑提太太會往他頭上巴下去，但她一看到那三個小孩就開始噴淚，邊哭邊把眼前的所有食物拿給那些小孩，裡頭甚至有一長條義大利香腸。之後她噓聲把他們趕走，叫他們以後別再來，要不然她就要叫警察了。人真的很奇怪。最後她沒有開除小喬，只叫他最好去看醫生。他吃得太誇張了。

龐太太的醫生說她可以下床了。據海莉所知，從此以後龐太太再也不黏在床上，而是一整天趕場跑趴，參與慈善活動，甚至晚上有一半時間都待在外面（根據隔天她跟人通電話的內容來判斷）。

羅賓森夫婦跟很多人展示了他們的娃娃雕像。

德桑提一家除了小喬事件以外，倒是風平浪靜過了一個禮拜。法比歐很努力工作，甚至比布魯諾還拚命。法蘭絲卡不知道哪一科考不好，哭著跑回家。小寶寶迪諾長了水痘，所以德桑提太太得待在家裡照顧他。

最教人驚訝的是海瑞森・魏斯。海莉還以為會看到他為了貓的事愁眉苦臉，沒想到他竟然邊哼著歌邊做鳥籠，心情好得不得了。海莉搞糊塗了。他甚至站起來吃了一些午餐，而且特別給自己做了一份鮪魚三明治，外加一瓶可樂。海莉靠在牆上寫：

我真的搞糊塗了。啊，我知道了！也許以前他都沒有錢吃好一點，因為錢都得拿去買貓食。也許因為這樣他都不能吃鮪魚。說不定那些貓每次都會搶他的鮪魚。

海莉又趴到矮牆上仔細觀察一番。海瑞森・魏斯不斷哼著歌，甚至邊工作邊用腳輕輕打著拍子。海莉困惑的看著眼前的情景，然後他突然抬起頭，往廚房門的方向看。那一刻海莉看見了。

伴隨著海瑞森・魏斯咕嘰咕嘰的逗弄聲走進來的，是海莉看過最小的小貓。牠走進房間的樣子好像牠才是一家之主。那是隻黑白兩色、長相奇特的小貓，嘴上有一圈毛，看起來像在冷笑。牠停下來看著海瑞森・魏斯，好像他是世界奇觀似的，然後又高傲的穿過房間。海瑞森・魏斯用崇拜的眼神看著小貓。海莉靠在牆上寫：

原來如此。不知道他是從哪裡弄來那隻貓的。我猜，如果你想要一隻貓，總是會在某個

地方碰到。嘿嘿。他們想改變海瑞森•魏斯，沒那麼容易！

走路回家的時候，不知道為什麼，海莉心裡有種難以言喻的快樂。

第三天，海莉醒來時發現自己真的好想去上學。不過，她什麼都沒跟媽媽說，因為不想說得太白。下午她決定去看看那個社團的情況。她一直等到放學時間才出門，然後爬到之前的圍牆上守著。瑞秋回家了，還把瑪麗安一起帶回家。兩個人走得很慢。

她們兩個人走路像老太婆，海莉心想。

「瑞秋，你不覺得下午如果我們來玩橋牌會很讚嗎？」瑪麗安的聲音好吵，像烏鴉。

「呃，」瑞秋說：「我不知道怎麼……」

「喔，那很簡單，我看我媽玩過很多次。」瑪麗安強勢的說：「我們也可以玩麻將，那個我也喜歡。」

「呃，我覺得橋牌時髦多了，可是如果你想玩麻將也可以。你有麻將嗎？」

「我媽有。」

橋牌？麻將？海莉心想，他們在騙誰啊？小波聽到會笑掉大牙。貝絲也來了。瑞秋和瑪麗安隨便跟她點個頭。「我認為呢，」瑪麗安又說：「我們這個社應該堅守一些原則。」

「是嗎？」瑞秋說，但她看起來對瑪麗安想說的話一點概念也沒有。

「你不覺得嗎？貝絲？」瑪麗安加重語氣問。

「對……」聲音細微。

「我認為我們要對加入社團的社員非常小心……還有……」她表情陰沉的環顧四周。「還有我們**留在裡面**的社員。」

「哦，」貝絲說：「你是說像鄉村俱樂部那樣？」

「對，」瑪麗安說：「沒錯。我認為每個想在下午有些社交生活的人，都應該歡迎他們加入，只要……」她神祕兮兮的加上一句：「只要他們是對的人。」

「沒錯。」瑞秋附和。

「沒錯。」貝絲小聲的說。

「我也認為……我不知道你們覺得怎麼樣……」瑪麗安抬頭挺胸，看起來就像她媽媽。「但是我認為，既然我是班長，應該也就是這個社團的社長。」

海莉邊聽邊想，我沒加入社團算你好運，不然你就慘了，我會當場從你頭上巴下去。

「所以我提名自己擔任社長。」

「我附議。」瑞秋說。她一定連在睡夢中都在附議。

「提議通過。」貝絲尖聲說，咯咯咯笑得停不下來。

瑪麗安皺起眉頭，貝絲嚇得閉嘴。「既然提議已經通過，現在我要做幾個決定。首先，我認為我們應該供應茶。」

「我媽不會喜歡這個提議。」瑞秋說。

「也不是真的茶啦，只是把牛奶裝在茶杯裡。你知道，我們總是得學學。」

「這個她也不會喜歡，我是說茶杯那部分。」

「那……我們可以自己帶杯子。第二，我們應該擺出牌桌和椅子。第三……」瑪麗安站起來，伸手一指，像在授封她們為爵士。「瑞秋，我指派你擔任副社長。貝絲，你來當總務。」

「我要做什麼？」貝絲一臉惶恐。

「做會議紀錄、收錢，還有端茶。」

「喔。」

換句話說，就是所有的事，海莉心想。

「我認為，我們也應該討論那些態度有問題的會員。」瑪麗安愈來愈自得其樂。「我想所有人都很清楚，最後一次開會的時候，小波和珍妮的態度非常有問題。」

那是一定的，你這個白痴，海莉心想。等他們發現你是社長，看你還玩不玩得動。

正當其他人漸漸從學校走來瑞秋家時，突然下了一陣暴雨，逼得所有人跑進社團小屋躲雨。海莉等了一會兒才看見小波和珍妮穿過院子跑來，他們兩個是最後進來的。後來海莉用最快的速度跑回家，但到家時還是全身溼透。

到了樓上，她脫掉溼答答的偵探服，披上浴袍，詳細寫下剛剛看到的事，最後加上：

瑪麗安太自不量力了。她總有一天會吃癟。

三天之後，海莉無聊到快要融化了。整個早上她都在房間裡玩「小鎮」，而且有生以來第一次覺得自己的腦袋有夠無聊。她正煩到想把筆記本大力往地上摔，就聽見門鈴響起。聽到聲音她馬上跳起來，飛也似的跑下樓。威爾許太太站在前門，正從郵差手中接過一封限時掛號信。

「那是什麼？」海莉好奇難耐的問。

「嗯，我確定……」威爾許太太仔細察看信封，然後說：「是寄給你的信喔，海莉。」

媽媽對她微笑。

「誰寄來的？」

「完全沒概念。」威爾許太太若無其事的把信交給海莉就走進書房了。

我從來沒收過信，海莉心想。她把信封撕開，一眼就認出了信紙上的筆跡。

親愛的海莉：

我一直在想你的事，後來我決定了。如果你長大想當作家，現在也該開始練習了。你今年已經十一歲，但是除了筆記之外，都還沒寫過其他東西。我要你用筆記本裡的題材寫一個故事，寫完就寄給我看。

「美即是真，真即是美——這是你在世上唯一所知，也是唯一須知。」

濟慈*的詩，把這句話牢記在心中，永遠不要忘記。

你可能會碰到以下的問題，我想先跟你說一下，以防萬一。你在筆記本上寫的東西當然

＊譯註：濟慈（John Keats, 1795-1821），十九世紀英國浪漫派詩人。

是事實。如果不是事實，那又有什麼意義？而你的筆記本當然也不該給任何人看。但是海莉，如果有人看到了，你就必須做兩件事，雖然兩件事你都不會喜歡：

1. 道歉

2. 說謊

不做這兩件事，你就會失去朋友。說些能讓別人好過一點的小謊不是壞事，比方謝謝某個人做的飯菜，即使你覺得很難吃；跟一個病人說他們氣色變好了，即使實際上沒有；或者，跟買了一頂醜得要命的新帽子的人說他的帽子很可愛。記住：寫作是把愛放進這個世界，而不是用來傷害自己的朋友。然而，面對自己的時候，你一定要永遠誠實。

還有一件事。如果你很想念我的話，那麼我要告訴你，我一點都不想念你。過去的就過去了。我從不想念任何事或任何人，因為這些都變成了美好的回憶。我會守護我的回憶、珍惜我的回憶，但不會整天泡在回憶裡，什麼都不做。你甚至可以利用回憶來編故事，但要記住：回憶無論如何都不會回來——你想想，如果會的話，那有多可怕。現在你不需要我了。你已經十一歲，每天光是努力長大、成為你想成為的人，就很夠你忙了。

別再做蠢事了。

嘉麗・華頓

讀完信之後，海莉的臉上浮現大大的笑容。她捧著信跑上樓，像捧著在海灘上撿到的寶一樣，然後衝進房間坐在書桌前又讀了一遍。接著，她拿出白紙和一枝筆，握著筆對著紙坐在桌前。但一個字也想不到。然後她跳起來，跑進書房把爸爸的打字機吃力的搬上樓，好不容易才把它擺到書桌上。她送進打字機的第一張紙卡在機器裡，皺成一團。她把紙撕了，再放一張進去，然後就開始劈劈啪啪打起字來。

隔天，海莉回學校上課，感覺就像新學期的開始。她慢慢踏上空蕩蕩的走廊，故意拖到很晚，因為她想給自己來一個盛大的出場。她起床的時候，爸媽都還沒起來，所以她決定偷偷溜去上學。也該適可而止了，她在心裡對自己說。這時她剛好經過校長室，她突然想把自己的感受記下來，於是就擠進一個通常用來放雕像的小壁龕裡。

也該適可而止，好好振作起來了。等到《紐約客》收到那篇故事，他們就知道我的厲害了。讓他最後找到那隻貓的那一段還真難寫，但我覺得我最後的道德教訓寫得不錯。那就是：人有千千百百種，每個人都不一樣。

突然，校長室的門打開，海莉抬起頭。令她震驚的是，從門口走出來的竟然是她爸媽。她趕緊縮進壁龕裡，心裡想著，我如果不呼吸，說不定看起來就像一尊雕像。她屏住呼吸，爸媽走過去時完全沒看到她。他們滿面笑容看著對方，所以即使海莉對他們翻白眼，他們也不會看見。

「哈，她聽到會樂死的！」爸爸說。

「我還怕她會承受不了。」媽媽咧著嘴說。

「不過，」爸爸說：「我相信她一定會做得很好。」

他們走出校門，海莉大大鬆了一口氣。我差點要窒息了，她心想，然後爬下來跑進教室。教室裡一團混亂，因為艾爾森小姐還沒到。大家都在互丟東西，連口香糖都出現了。瑪麗安站在講台前叫大家安靜，喊到臉色發青卻還是沒人理她。教室裡一片鬧烘烘，海莉十分慶幸，因為這樣她才能悄悄溜進座位也沒人發現。從家裡到學校的路上，她本來想著要來個讓人印象深刻的出場，或許戴一頂滑稽的帽子走進去，但等到走進教室的那一刻，她卻覺得提心吊膽，很慶幸自己沒這麼做。她靜靜坐在位置上，看著大家鬼吼鬼叫，像瘋了一樣跑來跑去。她在筆記本上寫：

我要寫一個關於這些人的故事。他們都是討厭鬼，有一半的人甚至沒有「工作」。

艾爾森小姐走進來，全班馬上安靜下來，大家不約而同走回自己的座位。看到海莉的那一刻，小波一副要昏過去的樣子。珍妮對她露出邪惡的微笑。其他人似乎都沒發現她。艾爾森小姐站起來。

「海莉，很高興看到你回來了。」她對海莉露出親切的笑容，十顆頭同時轉過來，像在鎖孔裡轉動的鑰匙。海莉想揚起嘴角對艾爾森小姐微笑，同時張大眼睛瞪其他同學，但這實在太難了，反而讓她的表情變得很白痴。

「今天我特別高興，」艾爾森小姐接著說：「因為學校的政策做了一點調整，我要在這裡跟大家宣布。」

海莉忍不住想，那跟我有什麼關係？

「大家都知道，一直以來，我們都讓班上同學自己選班長，而班長就自動成為校刊的六年級專頁編輯。不過，後來我們覺得，這樣會讓一個人的工作負擔太重……」

全班都聽到瑪麗安倒抽一口氣的聲音。

「因此我們決定，從今以後，編輯將由老師來挑選。」

「我們根據同學們的寫作能力挑了合適的人選。我跟安潔拉小姐看過了大家交上來的作文，我們認為不少同學具備寫作天分，應該讓這些人輪流擔任編輯。我們已經做出決定，從現在開始，下半年的編輯將由……」她故意停了一下，露出微笑。「海莉・M・威爾許擔任。」

全班鴉雀無聲，就算大頭針掉到地上也聽得見。海莉張大眼睛，不敢置信的看著艾爾森小姐。其他人也都看著艾爾森小姐，沒人轉頭去看海莉。「海莉擔任上半年的編輯，」她繼續說：「貝絲擔任下半年的編輯。也就是說，海莉會負責寫這學期的校刊專頁，下學期再換貝絲寫。其他人明年也會有機會。」

貝絲的臉紅得像甜菜根，差點要昏過去。海莉看看周圍，大家不是在看她，就是在看貝絲，所以貝絲才會那麼彆扭。全班似乎都籠罩在尷尬不安的氣氛中。

艾爾森小姐一臉淡然，拿起課本說：「好了，各位同學，我們上到——」

「艾爾森小姐……」瑪麗安站起來說：「我想要代表一個社團表達抗議，我剛好就是這個社團的社長。我們一致認為，這個決定對班上很不公平。班上絕大數——」

「是**絕大多數**，瑪麗安。」艾爾森小姐糾正她。

「班上絕大多數的人，都是我們這個社團的社員，而我就是社長，所以——」

「好了，瑪麗安，坐下，我想你已經說得很清楚了。不過，我不知道你什麼時候蒐集了這麼多人的意見。我宣布這件事之後，並沒有看見你問任何人的意見。」瑪麗安坐在位置上啞口無言。

「不過，為了釐清你們社員的意見，我想我們應該投票確認一下。但我要事先聲明，最後的投票結果只會讓你們得去找安潔拉小姐談。我非常懷疑你們有沒有可能改變我們已經做好的決定。我相信現在可能來不及了。不過我想，從民主的角度來看，這或許是個有趣的實驗。我一向認為，無論我們多麼有把握，永遠都無法確知投票的結果。看來瑪麗安相當有把握，所以我想我們應該來印證看看。那麼，現在，贊成海莉和貝絲擔任這學年校刊編輯的人請舉手。」

瑪麗安和瑞秋把手緊緊貼在兩邊，好像手會自己舉起來一樣。瑪麗安甚至把手壓在屁股下面。

海莉和貝絲當然都投自己一票。海莉的手像在行納粹禮一樣高高舉起，貝絲則顫巍巍、怯生生的，動作像在揮手。

兩票對兩票，海莉心想。

小波舉起手。他一定是覺得瑪麗安寫的東西很笨，而不是因為想站在我這一邊，海莉猜想。珍妮的手也舉起來。她一定也是覺得校刊太難看才舉手。

蘿拉、品基，還有穿紫色襪子的男生都沒舉手。

海莉暗想，喔哦，這樣是五票對四票，還是他們只是還沒決定？凱莉人呢？她今天沒來。

品基用他特有的那種討人厭的方式很慢很慢的舉起手。海莉心想，哇，我從沒想過品基有天會出手救我一命。品基回頭看她一眼。海莉對他露出燦爛的笑容，感覺自己是天下第一號偽君子。

「那就這麼決定了。」艾爾森小姐說：「我想我們可以從這次經驗學到一件事，尤其是瑪麗安。那就是：最後的結果出來之前，話都別說得太滿。」貝絲忍不住咯咯笑，然後停下來看看周圍的人，好像突然意識到自己肩負的責任。

16 超級偵探的決定

海莉交出第一篇校刊專頁的速度，打破了歷年來的紀錄。校刊指導老師讀著海莉的文章，說從沒看過有人寫得像她那麼快。

校刊印出來的那一天，海莉緊張得要命。上學途中她忍不住擔心，要是寫得很爛該怎麼辦？要是大家交頭接耳的說：我們之前幹嘛把瑪麗安踢出去？她也許不是杜斯妥也夫斯基，但她寫的東西至少我們還看得懂。假如大家堅持要重新投票該怎麼辦？海莉咬著嘴唇思考。走到教室時，她整個人都在發抖。

座位上的每個人手上都有一份校刊。所有人都埋頭讀著校刊上的六年級專頁。海莉不敢打量四周，怕自己會承受不了。她溜進座位，心虛的看著桌上的那一份校刊。

看到自己寫的東西印出來，她的心情既高興又不安。

龐艾佳太太是住在東大道上的貴婦。她以為自己發現了人生的祕密，那就是一整天窩在床上不要下來。她是個頭腦簡單的太太。結果你看，當醫生規定她不准下床的時候，她驚訝得昏了過去。後來，醫生跟她說他搞錯了，從此之後她就不再整天黏在床上。我認為醫生是故意騙她的，因為龐太太自以為一整天待在床上最美好的想法實在太蠢了。

這告訴我們兩件事，那就是：我們夢寐以求的東西可能很瞎，還有醫生都是混帳。

海莉覺得，再次重讀讓她覺得這篇文章很吸引人。她看看周圍正在讀校刊的同學。他們只是在找錯誤吧，她想。真好奇大家都在讀什麼。不知道作家會不會剛好看到別人在讀他們寫的書（比方在地鐵上）。她回頭繼續看校刊。當初寫的時候，她很掙扎到底要寫法比歐的故事，還是羅賓森夫婦的故事，最後她決定寫法蘭絲卡的故事，因為她跟班上同學的年齡比較接近，可能會引起他們的興趣。

法蘭絲卡・德桑提有一張天底下你看過最蠢的臉。真不知道她是怎麼撐過一整天的。她甚至隨時都得靠在什麼上面，才能好好站著。她跟我們年紀差不多大，上的是公立學校，考試老是不及格，比方我們這裡沒有的「商店課」。也許那間學校會教學生怎麼經營一家店①。但這對法蘭絲卡一點好處也沒有，因為她什麼也學不會。

她爸爸在八十六街上開了一家雜貨店，不管是誰，隨時都可以去那家店買東西。從後窗看進去，你就會看見法蘭絲卡。她是他們家最矮的女生，而且整天無所事事，不管在哪裡，你一眼就會認出她來。

有一天，我在街上看見她。她就走在我前面，走路慢吞吞。我之所以知道是她，是因為

①譯註：工藝課的英文是「shop」，這個字也有「商店」的意思，所以海莉誤以為這是教人開店的課。

她的頭老是歪一邊。我不知道為什麼，也許是頭太重了。總之，那天我看見她做了一件超蠢的事。

她走進公園，然後直直走向鴿子。那些鴿子看她的樣子好像一直在等她來。後來她跟那些鴿子說了好久的話。我躲在一棵樹後面，她說什麼我完全聽不到，但她看起來好像很開心。法蘭絲卡在家裡的日子不太好過，因為大家都知道她有多笨，所以都不喜歡跟她說話。

海莉讀完的時候，艾爾森小姐已經走進教室。海莉看著大家把校刊收進抽屜，邊收邊偷瞄她，但海莉從他們的表情看不出所以然。同學們只是好奇的打量著她。

然而，到了午餐時間，她發現大家又埋頭看起校刊。

那天吃晚餐的時候，海莉突然覺得耳朵特別警覺，好像全身上下只剩下一隻大耳朵。爸媽說的每件事似乎都很重要，雖然有些她聽不懂，但一樣覺得很有趣。

「我實在搞不懂瑪波・吉伯斯這個人。一開始把小孩上舞蹈課說得很了不起，讓你覺得如果不把小孩送去學舞蹈，她們就會跟大猩猩沒兩樣。那時候我說當然好啊，只是我認為海莉的年紀還太小，我想等到她十二歲再去或許比較恰當。結果呢，說了這麼一大堆，前幾天瑪波碰到我卻又沒事一樣的說：『我覺得我們家珍妮還得再等等。』你能想像嗎？」

「她想省錢。」海莉插嘴。

「海莉，你不應該這樣說話。」威爾許太太說。

「為什麼不可以？她說的是千真萬確的事實。」威爾許先生說。

「是不是事實，我們怎麼知道？事實上，瑪波說她拿珍妮一點辦法也沒有，也不想每個禮拜五晚上都得逼她穿上黑絲絨舞衣，這樣不值得。她希望珍妮會突然變——」

「變成南瓜。」海莉說。

「變成小淑女。」威爾許太太說。

「時間還多著呢。」威爾許先生說。

「你知道嗎，前幾天我在想，」威爾許太太似乎想改變話題：「米麗・安德魯的腦袋真的不怎麼靈光。你有沒有看到她在彼得斯的派對上的樣子？我是不知道你們在幹嘛，但大家都在討論這件事。傑克・彼得斯根本就喝茫了，整個人還從吧檯長椅上摔下來，結果呢，米麗・安德魯還像個白痴一樣對他傻笑。」

威爾許先生沒說話，他正在吞東西，正要開口時，電話就響了。他丟下餐巾，站了起來。「最好是報社打來的。如果他們明天不登出更正啟事，我會氣到爆炸。」

他氣沖沖跑去接電話。

「什麼是更正啟事？」海莉問。

「唔，簡單來說是這樣：如果一家報紙把事情弄錯了，而且有人指出他們的錯誤，他們就會登出聲明，承認自己錯了，同時把正確的消息補登上去。」

「哦。」那天晚上睡覺之前，海莉寫了很多筆記。之後她還躲在被窩下偷看她在學校圖書館找到的一本有關新聞報導的書。

下一期的六年級專頁上，刊出了以下內容：

珍妮・吉伯斯贏得了這場戰役。這對所有擁有勇氣和決心的人，應該都是寶貴的一課。不知道我在說什麼的人，就去問她本人。

上禮拜六晚上，傑克・彼得斯（蘿拉・彼得斯的爸爸）在自家的派對上喝到茫。米麗・安德魯（凱莉・安德魯的媽媽）卻還像個白痴一樣對他傻笑。

各位知道嗎？更正啟事就是一家報紙更正錯誤的方式。目前為止，這份報紙並沒有犯任何錯誤。

接下來幾個禮拜，以下內容吸引了全班的目光。

上個禮拜，哈利・威爾許差點因為遲到而丟了工作。他每天早上都動作慢吞吞。

去問凱莉・安德魯，她還好嗎？

一個禮拜之後是：

去問蘿拉・彼得斯，他們家都沒事嗎？

前幾天，有人跟蹤艾爾森小姐回家，發現她住的公寓根本跟老鼠窩沒兩樣。也許學校付她的薪水不夠她住好一點的地方。下禮拜會有一篇熱騰騰的「編輯小語」專門評論這件事。

還有一篇熱門文章是：

某社團的某些人要小心了。因為裡頭有某些人想要取代其他某些人，因為某些人不想要整個下午都在喝茶和玩某種遊戲。

最後這篇登出之後，海莉小心翼翼觀察著社團的人。她察覺到了一絲尷尬不安，但在學校什麼事也沒發生。

因此，那個下午海莉跑去他們聚會的地方偵察。她聽到和看到的事都讓她開心得快飛上天。她到的時候，瑪麗安、瑞秋、蘿拉、凱莉、穿紫色襪子的男生和品基都已經在那裡。他們正在討論事情。

「也太囂張了吧。」瑪麗安氣呼呼的說。

「有夠過分的。」瑞秋附和。

「她寫的東西實在很扯。」瑪麗安接著說：「誰聽過報紙上寫這些事？我當編輯的時候，沒有人會讀到那種文章。那種東西不應該出現在報紙上。應該要有人阻止她。」

「我還滿喜歡讀的。」品基說。

說話的人是品基，海莉心想。

「沒人阻止得了她，」凱莉說：「她是編輯。」

「就算是這樣，」瑪麗安說：「還是應該有人阻止她。」她戲劇化的停頓一下。「我們應該阻止她！」

「可是她指的是什麼事？我是說那篇關於社團的文章。」品基問。

瑪麗安、瑞秋、蘿拉和凱莉都別開眼神。海莉心想，打橋牌的顯然是這四個人。

「喔哦，」瑪麗安說：「麻煩來了。」

小波和珍妮從後門走進來。兩個人都一臉憤怒的穿過院子，像來抓人問話的蓋世太保②。

「我想，」珍妮說：「我們最好把話挑明了講。」

「你們玩得太過火了。」小波說，眼睛盯著品基和穿紫色襪子的男生。「我不敢想像你們兩個男子漢以為自己在這裡做什麼。」

「什麼跟什麼啊？」兩個男生異口同聲的問。

「你們想想，」小波接著說：「有多少男人下午會跑去打橋牌？」

「我爸會打橋牌。」品基防備的說。

「但不是下午吧，」珍妮嗤之以鼻的說：「他是晚上才去打橋牌。」

「而且是逼不得已的時候。」小波說。

「你們兩個，」瑪麗安站起來：「到底在胡說什麼？」

「你心裡很清楚。」小波說：「你拿喝茶和打橋牌的事在這裡囉哩巴嗦已經兩個禮拜了，

②譯註：納粹德國時期的祕密警察。

我真不知道我們為什麼還要再多忍耐你一分鐘。重點是，我們在這個社團裡享有的權利跟你一樣多。」

「我是社長。」

「哦，是嗎？從現在開始不是了。」珍妮說。

貝絲偷偷躲到旁邊。珍妮狠狠瞪她一眼。「你也不是總務了。」

貝絲突然大聲說：「隨便。反正我本來就不想當，而且我也討厭橋牌。」

大家都睜大眼睛看著她，因為這是他們聽她說過最長的一句話。

「好。」瑪麗安緩慢而冷酷的說：「不屬於這裡的人，可以離開。」

「這也是我們的社團小屋。」小波大喊：「沒有我，你們根本蓋不起來。」

「沒錯。」珍妮說：「我認為重點是，我們應該來討論這個社團到底要做什麼。」

漫長的沉默。有些人踢石子，有些人抬頭看天空。海莉突然發現，瑞秋恨恨的盯著珍妮看了好一會兒，然後說：「這或許是你們的社團，但卻是我家的後院。」

這句話對每個人都是當頭棒喝。這下怎麼辦？海莉很興奮。

「那就……」最後珍妮說：「這樣吧。」她轉頭走向後門。

「不然還能怎樣。」小波跟上珍妮的腳步，兩人砰一聲甩上後門。遠遠傳來瑞秋的媽媽被甩門聲嚇得尖叫的聲音。

「我贊成。」貝絲跺著腳走出去。貝絲今天是怎麼了？海莉心想，跟她平常畏畏縮縮的樣子判若兩人。海莉開心的看著他們一個接著一個走掉，最後只剩下瑪麗安和瑞秋坐在那裡。兩人互看一眼又別開目光。

「我……」瑞秋有點尷尬的說：「去看看蛋糕烤好了沒。」她可憐兮兮的站起來，這時蘿拉和凱莉突然跑回來。

「我們決定了。反正沒別的事好做，所以打橋牌也沒什麼不好。」蘿拉說。

「而且，」凱莉說：「我還滿喜歡打的。」

海莉看著她們擺出小巧可愛的牌桌，拿出幾個缺了角的茶杯，然後切了蛋糕。她們開始發牌的時候，海莉就走了。爬過圍牆時，她暗自心想，我很慶幸我的生活跟她們不一樣。我敢說她們下半輩子都會做著同樣的事。有一瞬間海莉替她們覺得難過，但只有一瞬間。回到街上時她又想，我喜歡我的生活。無論有沒有嘉麗小姐，我都喜歡我的生活。

走進校刊指導老師辦公室的時候，海莉覺得時機已經成熟。她跟指導老師私下聊了很久。她叫麗莎小姐，個子滿高，說話時口水會亂噴。在她眼中，海莉跟喜劇演員一樣好笑。海莉不知道她跟麗莎小姐說的話有哪一句好笑，所以走出辦公室之後她匆匆記下：

麗莎小姐要不是瘋了，就是一緊張就亂笑一通。

那個禮拜開完編輯會議之後，校刊的六年級專頁上出現以下的聲明，就登在頁面中間很顯眼的地方，周圍還有邊框。

這個版面想要收回六年級專頁編輯寫的某本筆記本上的某些陳述。那些陳述是不公平的陳述，而且是謊言。因此，在此通知那些看過的人，那些陳述都是不實的謊言，六年級專頁編輯在此向大家致歉。

聲明登出的那一天，海莉因為怕尷尬而沒去上學。她設法說服媽媽，她就快得重感冒而病倒，但只要在家休息一天就能防範未然，自動痊癒。世界上當然沒有這種感冒，但是威爾許太太愈來愈相信有這麼一回事，因為這個方法很多次都奏效。海莉知道要如何裝出無精打采的樣子，才能讓媽媽信以真。因此媽媽出門買東西之前，她都一副有氣無力的模樣，但門一關上，她就從床上跳起來，就像大砲發射一樣。

海莉整天都在寫故事，從早上十點一直寫到下午三點。之後她站起來，伸伸懶腰，覺得非常充實。她走去河邊散步。河面吹來陣陣冷風，但今天天氣晴朗、陽光耀眼，讓她覺得這世界很美好，而且會一直美好、一直歌唱，永遠不會讓人失望。

她沿著河岸跑跑跳跳，有一度停下來看拖船，還尾隨一個老婦人一路走到市長公館。她寫了一些筆記，專注在她覺得自己最弱的描寫技巧上。

昨天我走進那家五金行，裡頭的味道跟用很久的保溫瓶裡面的味道一樣。

自從努力當一顆洋蔥之後，我就想了很多當其他東西的感覺。我試過當公園的長椅，還有舊毛衣、貓咪，和浴室的漱口杯。我覺得漱口杯最成功，因為當我看著它的時候，我覺得它也在看我，我覺得我們就像兩個互相看著對方的漱口杯。不知道青草會不會說話。

海莉坐在那裡思考，感覺非常平靜而快樂，而且對自己的腦袋感到十分滿意。她來回看步道。放眼望去，一個人也沒有。

她遙望河流另一邊的霓虹燈，到了晚上，那些花花綠綠的燈光就會破壞河岸的景觀。回過頭的時候，她看見他們朝著她走過來。

他們走得很慢，看起來幾乎沒在動。小波的手插在口袋裡，眼睛望著河面。珍妮雙眼朝上，對著天空，要是有東西擋在前面，她一定會把脖子給折斷。他們看起來沒有在交談，但因為離得太遠，海莉也不是很確定。

兩個遙遠的人影，看起來就像兩個娃娃。海莉想起自己玩「小鎮」時對小鎮人物的想像。這樣看他們，好像比以前看得更清楚。

海莉利用他們走過來的這段有點長的時間仔細看著他們。她想像自己穿著小波的鞋子走路，感覺到他襪子上的破洞摩擦著他的腳踝。當珍妮心不在焉的舉手去抓鼻子的時候，海莉假裝自己鼻子在癢。她想像著跟珍妮一樣有雀斑和黃色頭髮是什麼感覺，還有像小波有好笑的耳朵和瘦巴巴的肩膀又是什麼感覺。

他們走到她的面前時，只是站在那裡，三人各看著不同的方向。風冷得要命。海莉看著他們的腳。他們看著她的腳，之後又看著自己的腳。

所以……海莉心想。她小心翼翼打開筆記本，一邊看著他們的眼睛，他們也看著她的眼睛。她在筆記本上寫：

嘉麗小姐說得沒錯。有時候你必須說謊。

她抬頭看小波和珍妮。他們看起來沒有生氣，只是站在那裡等她寫完。她繼續寫：

現在一切都恢復正常，我終於可以好好工作了。

她啪一聲合上筆記本，然後站起來。三個人轉過身，一起走上河岸。

超級偵探海莉

作者／露薏絲・菲茲修（Louise Fitzhugh）
譯者／謝佩妏

主編／楊郁慧
封面設計／三人制創工作室　封面繪圖／九子　內頁設計／陳聖真
行銷企劃／鍾曼靈
出版一部總編輯暨總監／王明雪

發行人／王榮文
出版發行／遠流出版事業股份有限公司 台北市南昌路 2 段 81 號 6 樓
電話：(02)2392-6899　傳真：(02)2392-6658 郵撥：0189456-1
著作權顧問／蕭雄淋律師
□ 2016 年 9 月 1 日 初版一刷　□ 2020 年 6 月 5 日 初版五刷

定價／新台幣 280 元（缺頁或破損的書，請寄回更換）

ISBN 978-957-32-7843-6
遠流博識網 http://www.ylib.com　E-mail:ylib@ylib.com
遠流粉絲團 https://www.facebook.com/ylibfans

國家圖書館出版品預行編目 (CIP) 資料

超級偵探海莉 / 露薏絲・菲茲修（Louise Fitzhugh）著；
謝佩妏譯. -- 初版. -- 臺北市 : 遠流, 2016.09
面； 公分
譯自：Harriet the Spy
ISBN 978-957-32-7843-6(平裝)

874.59　　105008960